U0030652

里爾克－軍旗手、致年青詩人十封信

萊納·瑪利亞·里爾克（Rainer Maria Rilke）／著

張錯（Dominic Cheung）／翻譯、評析

軍旗手克里斯多福・里爾克愛與死之歌

The Love and Death of Cornet Christopher Rilke

萊納・瑪利亞・里爾克（Rainer Maria Rilke）

完成於 1899 年

首版 1910 年

張錯（Dominic Cheung）／譯

前言

張錯

里爾克於 1899 年完成一首數百行的敘事長詩〈軍旗手克里斯多福‧里爾克愛與死之歌〉，那年他才 24 歲。據說全詩寫於一個晚上，因數週前得閱里爾克家族的族譜資料，內有年青軍官里爾克於 1663 年殉國於「匈牙利─土耳其」戰役（Hungarian-Turkish war），心情激盪，想起自幼父親希望他成為軍人，被送往軍事學校的經過。但除了這個名叫克里斯多福‧里爾克軍官殉職為真實事件外，其他一切全屬虛構杜撰，那是後輩里爾克對前輩里爾克的英雄崇拜，尤其自卑於父母眼中無此雄風心理下，詩潮狂湧，一氣呵成的偉大詩作。據他自述，那晚看出窗外皓月流雲，耳中不斷響起「馳騁，馳騁，馳騁……」的句子，情不自禁無意識衝口而出，輕聲誦唸出來，如夢如幻，連夜書寫，到了翌晨，〈軍旗手〉一詩已經完成。

這種靈感來臨令人不禁想起《杜英諾哀歌》被靈性衝擊引發寫作動機的情形：

1911 年 10 月冬天，里爾克到瑞士的杜英諾城堡探望瑪莉郡主（Princess Mary von Thurn und Taxis-Hohenlohe），郡主於 12 月中旬離開杜英諾，直到翌年 4 月才回來。在這四個月中，里爾克單獨留在堡內。有天，他收到一封頗為麻煩應付

的信函，必須立即作一謹慎答覆，為了安排思緒，便走到城堡的外棱牆往來踱步，外邊是浪捲百尺海浪，忽地蕭然停步，好像風浪中聽到第一首的首句：

假若我呼喊，誰在天使的階位
會聽到我？

他拿起隨身筆記本寫下這句子，知道是神祇在給他說話，跟著回到房間寫好那封信，當天黃昏，完成哀歌第一首。*

《軍旗手》於 7 年後 1910 年首次出版，但里爾克並不滿意，覺得「它是一本兒戲作品，需要極大寬容」。兩年後島嶼出版社（Insel-Verlag）再出新版，在德國一炮而紅，初版於三星期內賣出八萬本，全部售罄後不斷再刷，在這 7 年或 9 年間，里爾克應有在 1912 的新版修改原稿，不能再以一晚寫成而作定論。尤其在 1914 年 11 月 18 日寫給妻子卡拉娜（Clara）的信內說，他從一位輕騎兵軍官聽到一個異乎尋常的故事……為之動容不已，遂把它編織入〈軍旗手〉裡面，但里爾克從未說過是什麼故事。

這首敘事詩可說是里爾克成名之作，8 年後 1920 年已賣出二十萬冊，加上 1923 年出版的《杜英諾哀歌》和《給奧菲

---

* 《里爾克 - 杜英諾哀歌（全譯本及評析）》，張錯譯，商周出版，2022，頁 6、7。

厄斯十四行》助長聲勢，《軍旗手》到了 1950 年已銷出超過一百萬冊，各國翻譯本更不計其數。當然我們不能以銷路成敗論英雄，但在 1939 年第二次世界大戰的德軍戰壕，卻曾發現這本詩集與密件、手槍、電話放在一起，足見讀者人數（readership）之廣，影響力之強。

　　一般敘事詩多是強調「故事」情節為主題敘述，里爾克的〈軍旗手〉卻是採用「抒情詞藻」敘事描述，全篇美麗鋪陳，並無太多故事起伏牽扯。基於前述里爾克對家族前輩克里斯多福的英雄崇拜，以及自卑於未能完成軍官學校課程的訓練，詩中的軍旗手的「他」，亦同時隱含詩人的「我」，由於是杜撰故事，兩個里爾克，一個作者「我」23 歲，一個軍旗手「他」18 歲，是兩人，也是一人。

　　在敘述學（Narratology）研究裡，敘述者的聲音，無論是第一人稱的「我」或第三人稱的「他」，都是從敘述者的「我」出發。這個「我」的存在功能，經常彰顯今之視昔，凸顯時空替換的強烈對比。荷蘭敘述學學者巴爾（Mieke Bal）早在 1980 年代就指出。敘述者的「我」及「他」均為一種「我」（"I" and "He" are both "I"），只不過敘述者的「我」時隱時顯，有時更把隱藏的「我」聚焦（focalized）在文本顯著的「他」上。

　　《軍旗手》的「我」，最早出現在詩開首第一段文獻：

1663年11月24號，來自蘭格洛、格拉尼茨、施格勒等地，現居琳達（Linda）地區的奧圖‧馮‧里爾克（Otto von Rilke）繼承匈牙利陣亡兄長克里斯多福（Christopher）留在琳達的部分封地，但要求立一份繼承權限。假若其兄萬一生還，即取消其封地永久繼承權（根據死亡證明書登記，此軍旗手殉職於皮勞瓦諾子爵率領的奧地利皇家海斯達騎兵團……）

　　這個藉由歷史文獻閱讀人呈現出來的「我」，經常亦牽涉到文本（故事敘述）中建構出來的「含指作者」（implied author），更由於在歷史、時代、人物典型交代清楚，這種「我」或「他」的倒敘（flashback）是一種全面的、從始至終的、一個完整故事的「包涵敘述」（inclusive narrative）；也就是說，文本本身並沒有一定的時空意義，端視乎敘述本身如何呈現事件的真相。雖然只是單一事件或故事始末（軍旗手克里斯多福的愛與死），由於敘述者的刻意安排，就能讓讀者在閱讀時感受事件發生的次序，以及在這種次序下所產生的時空感覺。

　　故事主角是騎兵克里斯多福，文獻已清楚說明已經陣亡，現在隨著第三人的全知觀點，倒敘出他與各地聯軍馳往戰場，塑造出這個青年戰士的性格行為，他不再叫克里斯多福，而被稱為「馮蘭格洛」（von Langenau，來自蘭格洛的人）。千

軍萬馬中，誰也不用知道對方姓名，只知來處便可。他在馳騁想到家鄉：「太陽沉重猛烈，像家鄉酷熱的夏天，但我們在夏天就離開了，有很長一段時間在綠叢閃爍著婦女的衣裙，我們長久馳騁著，一定是秋天了，至少那邊有許多悲傷女人認識我們。」

年輕騎兵馳過寸草不長的田野，棄屍遍地，偶爾尚有生還者，不過是被羞辱赤裸流血被縛的女人，待被解縛後，她的露齒，不知是笑還是咬牙。

軍隊進駐入靠近敵方的一個城堡，享受天堂般的節慶歡愉，但對軍旗手而言，卻無異糜爛地獄，獨自在花園和伯爵夫人找到了愛，同上堡樓共進鴛夢，那是軍旗手愛與死的開始和完成，全詩精華所在。為了護旗，他單人匹馬闖入敵陣，十六把彎刀等待著他：

馮蘭格洛單人匹馬深入敵陣，在中間被恐懼圍成一圈空間，於慢慢燒毀的軍旗下。

他緩慢地環顧四周像在沉思，前面許多奇怪光鮮亮麗五顏六色，他在想，是花園吧！然後笑了，但隨即感到許多眼睛在注視著──那是異端狗群，於是策馬衝入陣內。

他們自背後把他圍住，又變成花園了，揮向他的十六柄彎刀閃閃生光，那是節慶。

一座喧笑的噴泉。

軍旗手克里斯多福·里爾克愛與死之歌

1663年11月24號，來自蘭格洛、格拉尼茨、施格勒等地，現居琳達（Linda）地區的奧圖·馮·里爾克（Otto von Rilke）繼承匈牙利陣亡兄長克里斯多福（Christopher）留在琳達的部分封地，但要求立一份繼承權限。假若其兄萬一生還，即取消其封地永久繼承權（根據死亡證明書登記此軍旗手殉職於皮勞瓦諾子爵率領的奧地利皇家海斯達騎兵團⋯⋯）

馳騁，馳騁，馳騁，日以繼夜，整日。

馳騁，馳騁，馳騁。

勇毅已露疲態，期待越來越大。再也無山丘，難見一棵樹，無物敢站立，異邦茅舍乾渴蜷縮在枯濁泥沼泉邊，沒見到塔，有兩隻眼睛是多餘的，到處景物都一樣，只有夜晚才認得路，許是經常藉晚上重新追溯異邦太陽下辛苦趕出的路程吧？也許是吧。太陽沉重猛烈，像家鄉酷熱的夏天，但我們在夏天就離開了，有很長一段時間在綠叢閃爍著婦女的衣裙，我們長久馳騁著，一定是秋天了，至少那邊有許多悲傷女人認識我們。

來自蘭格洛的人在馬鞍上移穩一下說：「侯爵先生……」，

旁邊短小精悍的法國人三天來一直說說笑笑，現在已無話可說，像一個打瞌睡小孩，沙塵落在細緻雪白蕾絲衣領也不在意，他正在天鵝絨馬鞍上緩慢萎謝。

但馮蘭格洛*笑著說：「侯爵先生，你有一雙奇異眼睛，一定是像你母親──」

小法國人頓時容光煥發，拂落衣領上的沙塵，重新光鮮如新。

有人在敘說他的母親，明顯是個德國人，措詞響亮緩和，像個少女縛紮一束花，每枝都試過，仍未知整束如何成型；他就是這樣安排他的語句，究竟是為了歡笑還是悲傷？所有人都在聆聽，吐痰也停止，這群紳士都知道規矩。連不懂德語的人忽然也聽懂一些斷句：「有天黃昏……」「我仍幼小……」

這群紳士來自法國及勃根地、荷蘭、加連菲斯亞山谷、

---

* 譯者按：von Langenau，von 馮，指「來自」蘭格洛的人，此後遂稱馮蘭格洛。

波希米亞城堡、李奧普皇帝家族，現在彼此親密無間，德國人所訴說的，他們都同樣感受過，就像只有一個母親……

　　他們馳騁入黃昏，任何的一個黃昏，再次沉默，心頭雪亮，侯爵脫下頭盔，黑髮柔軟，低下頭時，在頸脖上部散開像女性秀髮。現在，馮蘭格洛也注意到遠處有物體閃閃發光，纖秀、黝黑，獨立著一根半毀塌的柱子，待他們馳過很久以後，他才忽地想到那是一尊聖母像。

　　營火燃燒，他們圍坐等待有人出來唱歌，但大家實在太疲累了。火沉重的紅光躺在滿布塵埃的軍靴上，爬上膝蓋，探入合攏的雙手，它沒有翅膀，眾人臉孔全部暗黑。即使如此，矮小法國人眼神亮了好一會，他吻了一朵小玫瑰，現也許已貼胸枯萎。馮蘭格洛因睡不著也看到它，心裡想：我沒有玫瑰，一朵都沒有。

　　於是他唱起歌來，那是家鄉一首悲傷老歌，少女們在秋天田野唱的歌，當秋收已屆尾聲。

　　矮小侯爵說，「先生，你還年輕吧？」

馮蘭格洛半悲哀半倔強回答：「十八歲。」倆人又沉默下來。

一會兒法國人又問：「家鄉也有新娘子吧？容克公子*。」

「那你呢？」馮蘭格洛反問。

「她有一絡金髮像你。」

他們又再沉默直到德國人大聲問道：「那你們又為何鬼使神差，騎鞍策馬挺進這惡毒國土去驅逐那些土耳其瘋狗呢？」

侯爵微笑回答：「就是為了再回來呀。」

馮蘭格洛憂愁起來，想起那個和他嬉玩狂野遊戲的金髮女孩，他好想回家，片刻也好，只要能有時間說出：「瑪達蓮娜──原諒我那時總是『那樣』！」

他一直想著那個什麼「那樣」──大隊人馬已離他遠去。

一天早晨，一名騎兵出現，跟著兩個，四個，十個，全部魁梧披掛鐵甲，然後千軍萬馬，大軍自後而來。

_____

* 　譯者按：Junker，德語，向對方客氣稱呼。

是分手時候了。

「一路平安，侯爵先生——」

「聖母佑你，容克公子。」

驀然成朋友成弟兄，留連不捨，彼此坦心置腹，莫逆於心。他們拖延著，週邊蹄聲在催促，侯爵脫下右邊大手套，拿出一朵小玫瑰，摘下一瓣，像彌撒領聖體一樣，也就是向主人道別之意。

「這會保護你，再見。」

馮蘭格洛有點愕然，凝視許久法國人的離去，然後把這片異邦花瓣塞入束腰襯衫，隨著心跳上下搖擺。號角響起，公子策馬追向大隊，苦笑著，一個不認識的異邦女人保佑他。

有天輜重糧草隊伍穿過此處，咒罵聲，五光十色，大笑聲——鄉鎮地方最是熱鬧，彩衣男孩奔跑前來，到處混戰叫喊；娼婦前來，散開頭髮戴著緋紅帽子，招手誘人；軍隊前來，黑色盔甲如流淌的夜，魯莽情急抓住娼女，連衣裳也被撕破了，把她們壓在大鼓邊緣，來自反抗狂野熱情如火的手，把大鼓也驚醒了——夢囈似地隆隆作響。到了黃昏他們給他打著燈籠，奇怪的燈籠：酒在鐵盔閃爍若隱若現，到底是酒

還是血？誰能分辨出來？

　　終於來到史博伯爵面前，他像一座高塔站在白馬旁，長髮閃耀如鋼鐵。

　　馮蘭格洛不用問就認出是大將軍，一陣沙塵翻身下馬彎腰行禮，把推薦信函遞上，但伯爵下令：「給我讀出這破銅爛鐵。」嘴唇動也不動，除了咒罵，它們並無其他用途。右手也像在說話：還有什麼？可以了，句點。你可千真萬確看出年青軍官早就讀完信，正不知如何是好，站在前面的史博就是一切，連天空也要躲起來。大將軍於是說：

　　「就軍旗手吧。」

　　這就足夠了。

　　隊伍紮營在拉伯河遠處，馮蘭格洛獨自策馬前往，地勢坦平，黃昏時分，鞍頭閃爍在滾滾塵埃，從他雙手的空間可以看到月亮升起。

　　他在夢遊。

　　有聲音向他大聲叫喊，

叫喊，叫喊，

打破他的夢。

天哪！不是貓頭鷹：

只有一棵孤單的樹。

向他叫喊：

「來人吶！」

他看過去，有物在扭動：

一個少婦的身體，

靠著樹幹，赤裸流血，

向他呼喊著：解開我！

他在黑暗樹叢跳下馬，

割開縛住乳房及雪白臀部的繩索：

看到她眼神一亮

咬牙切齒。

那是在笑嗎？

他站著打了個寒顫

驀地躍上坐騎

連夜奔馳，手緊握著

染血繩子。

馮蘭格洛全神貫注在寫信，一字一句緩慢描出嚴肅端莊的大字：

「最親愛的媽媽，

為我驕傲：我掌軍旗了，

不用擔心：我掌軍旗了，

好好愛我：我掌軍旗了──」

然後把信放入束腰襯衫，最隱密地方和玫瑰花瓣在一起，心想：不久便薰上玫瑰香氣。又想：也許某天有人會發現它⋯⋯再想：⋯⋯因為敵人已很逼近了。

他們馳過一個被殺戮農夫的屍體，圓睜雙眼反映著一些什麼，但絕非天空。不久犬群吠叫，終於一個村莊在望，房舍後高聳一座石砌城堡，寬橋迎向他們，大門在他們面前隱現而開，喇叭高聲歡迎。聽啊：車輛隆隆，嘈雜人語，犬群吠叫！庭院馬匹嘶鳴，蹄踏聲，呼喊聲。

那就歇息！作一次客人吧，不必儉慳消費去滿足自己的欲望，不必經常像仇敵般去你爭我奪，就此一次聽其自然，知曉萬事隨緣。最勇敢的人也應破天荒舒直雙腳放輕鬆在絲綢床單，不用整天馳騁沙塵路上，應該首次散開頭髮，敞開衣領，坐在絲絹椅子，徹底明白沐浴後的快感，並且知道女人是怎麼一回事，穿白衣的行藏舉止，穿藍衣的如何感覺，當金髮男孩帶來滿是果汁豐盈的水果盤，她們笑聲如小調，纖手如柔嫩荑芽。

開始時是來吃晚餐的，後來變成節慶宴會──他們也不明就裡，火把高燃，人聲鼎沸，火光與酒杯挑起狂野歌唱，旋律醞釀成熟帶來跳舞，把他們全體撩撥逗引，波浪起伏節奏拍擊整個大廳，手碰觸對方，吸入她的香水，離開她，又重新找到她，通過光亮悅耳的音調，眼花撩亂，隨著夏季晚風旋入女人惹火衣裳。

暗色的酒及千百朵玫瑰，讓時光闖入夜間的夢。

　　有人站在火光下詫異驚奇，無法讓自己確信是清醒，又
不能讓自己相信不是夢，一切排列如此燦爛奢華，還有貌美
如花的女人，即使小小姿態，也像層層摺疊翻滾出來的錦緞。
她們閃閃白銀的談吐消磨著時間，有時舉起手——讓你覺得
是在採擷你永遠伸手不到，永遠不會知道是在哪裡的玫瑰。
然後你夢想：被她們溫柔的手愛撫，給你幸福，給你空虛額
頭戴上一圈花環。

　　穿著白色絲綢衣著的人，知道現在不能醒來，清醒就會
被現實混淆，所以他驚慌逃入夢裡，在公園佇立，單獨在暗
黑的公園。節慶在遠處，火把是幻覺，清涼的夜在他身旁，
他問一個彎身向他的女人：

　　「妳是夜嗎？」

　　她微笑。

　　而他卻羞愧於自己的白色衣著。

　　希望是在遠方，一個人，穿戴盔甲。

全副盔甲。

「難道忘記今天你是我的侍從？要拋棄我？要去那裡？你一身白色衣著給予我命令你的權力。」

……

「你還懷念以前那套粗布制服嗎？」

……

「你在打寒顫？是想家了嗎？」

公爵夫人微笑說。

「不是。只是因為那套暗黑衣服已自童年肩膀卸脫下來了，是誰把它拿走的？是妳？」他詢問的聲音連自己都從未聽過，「是妳！」

現在他全脫光了，全身赤裸像一位聖者，清秀閃亮。

城堡燈光慢慢熄滅，來自疲憊，愛戀，或醇酒的眾人盡皆身心沉重，經過許多營地漫長空虛的夜晚：現在是床，寬敞的橡木床，可以在床上作出另類祈禱，不同於戰地骯髒壕

溝，人睡在裡面就像入了墳墓。

「惟主所願！」

床上的禱告比較簡短。

但真心真意。

塔樓房間比較暗黑。

他們用微笑捻亮彼此的臉，像瞎子那般摸索前進，找到
對方像打開一扇門，就像怕黑小孩，互相摟著，但並不慌張。
沒有任何東西與他們作對：沒有昨日，沒有明天，他們在時
間崩塌廢墟如花綻放。

他不會問：「妳的丈夫呢？」

她不會問：「你叫什麼名字？」

他們找到彼此，是要互相給對方一個新的世代。

他們互相給對方千百個新名字，然後又輕輕體貼收回，
像脫下一隻耳環。

前廳一張椅子放著馮蘭格洛的襯衫、子彈囊和外衣。手

套在地板，軍旗筆直靠著窗口橫木，黑而瘦薄。外邊風暴奔馳而來橫過天空，把夜割成黑白碎片，月光像一條冗長閃電穿過，軍旗不動如山，投下不安倒影，它在做夢。

有一扇窗口打開了嗎？風暴已進入屋內？誰在狂搖門戶？誰奔走穿過走廊？算了吧，管他是誰，總不會找到這塔樓房間，裡面宏大雙依雙棲在酣睡，像有一百道門為它遮擋，他倆共同擁有，共享一個母體或死亡。

已經是早晨了？升起什麼太陽？好大的太陽，是鳥群嗎？到處都是鳥叫。

一切光亮，但不是白晝。

一切喧鬧，但不是鳥歌。

棟梁的火光，窗戶的尖叫，到處紅光，他們向站在外面閃爍田野的敵人尖叫：失火了！

半睡半醒的他們拚命衝前，半盔甲半赤裸，從房間到房間，樓梯到樓梯，終於靠近門口。

氣急敗壞的號角在後院結巴響起警報：

戰鬥，戰鬥！

戰鼓在顫抖。

軍旗到底在那兒？它不見了。

呼喊聲：軍旗手！

馬匹怒嘶，喊叫聲，禱告聲！

詛咒聲：軍旗手！

刀槍排列，信號發出，指揮下令：

寂靜中：軍旗手！

再一次：軍旗手！

騎兵隊如雷暴響，號角齊鳴。

……

到底軍旗在那兒，它不見了。

　　他和燃燒的廳堂競跑，門戶用熱火迎接他，梯級升起火
燄迎面撲來，他衝落咆哮的夜，手抱軍旗在懷裡像抱住面色

蒼白驚駭暈倒的女人。跟著找到一匹馬,好像一聲呼叫就奔騰前來,飛越一切事物,一切人物,包括同袍。那時軍旗醒轉,神態安寧,從未如此像一位皇后,遠遠前鋒部隊都可以看見她,還有那個神采飛揚沒戴頭盔的人,還有那枝軍旗……

……

剎那間她開始熾熱發亮,倒向前面,全身發紅……

軍旗著火了,就在敵陣燒起來,他們躍馬前去拯救她。

馮蘭格洛單人匹馬深入敵陣,在中間被恐懼圍成一圈空間,於慢慢燒毀的軍旗下。

他緩緩地環顧四周像在沉思,前面許多奇怪光鮮亮麗五顏六色,他在想,是花園吧!然後笑了,但隨即

感到許多眼睛在注視著——那是異端狗群,於是策馬衝入陣內。

他們自背後把他圍住,又變成花園了,揮向他的十六柄彎刀閃閃生光,那是節慶。

一座喧笑的噴泉。

襯衫在城堡就被燒掉了，隨同信函和異鄉女人的玫瑰花瓣。

　　翌年春天（來得悲哀寒冷），來自皮勞瓦諾子爵的信使緩緩策馬進入蘭格洛，看到一個老婦在哭泣。

致年青詩人十封信

Letters to a Young Poet

張錯／翻譯・評析（並摘錄年青詩人的回信）

目次

里爾克第一封信

1903 年 2 月 17 日，巴黎

親愛的先生：

　　來信數日前才轉收到，要感謝你偉大的胸襟及信心——但我所能協助並不多，對批評更是外行，無法進入你的詩藝。每當我們嘗試進入一件藝術創作，批評的文字總是讓人感到挫敗，它們僅提供一些似是而非的可愛誤解。但世間諸事並非全如世人期待那麼可說可解，大部分文字無法進入不可說、不可解的空間，最不可說的（most unsayable）才是藝術品：它們的奧祕歷久恆存，長遠地和我們迅如朝露的生命在一起。

　　以此信上面意見作為前提，且讓我告訴你，寄來的詩並不自然，完全沒有個人風格，雖然有時它們以沉默開始，揭露一些詩人的個性趨向。我覺得最明顯的是最後一首「我的靈魂」，那裡可以看出你正在摸索屬於自己的語言與旋律。同樣在優美的「給里奧帕蒂」（To Leopardi）一詩裡，也具有與偉大寂寞詩人精神契合的質素。但是所有詩作，即使是這樣兩首詩，依然無法各自成為一個完整單元。隨著你這封言詞懇切的來信，更讓我在閱讀時發現各種不同缺陷，無法在此一一特別指出。

　　你問你的詩寫得好不好？你問我，同樣也曾問過別人。你把詩作投給一些雜誌，把它們和其他人詩作比較，某某編

輯退了稿，你不服氣。現在（因你問我意見），我就告訴你應怎樣做：立即停止所有這一切，你是在往外看，做無論如何也不應做的事。無人可以幫助你或給你出主意，是的，沒有一個人，唯一辦法是：走回你自己，找出為何讓你要寫的原因，看它是否扎根在你心底處，衷心承認不讓你寫就會死！最重要是在最靜寂夜晚，問自己究竟需要寫否？挖掘入自己深處去找出答案，假如是肯定的，假如能用簡單有力的「我一定」（I must）面對這嚴肅問題，那麼就全力把生命投入這嚴肅問題，整個生命最瑣碎無味時刻，都應是對「我必須」的回應和見證。

然後接近自然（Nature），像從來沒有人接近過那樣，說出眼中所見，心中所感，所愛所失。不要寫情詩，先避免那些普遍流行的爛熟題材，因為要把它們寫好其實是最困難的，要寫好它們必須有運用各種優秀傳統的龐大成熟思維，所以不要引用那些陳腔濫調了，去找尋日常生活所帶來給你的，描述你的苦痛與欲望，往昔的思潮與對某種美的信念——用愛、平靜、誠懇、謙遜來表達自己對周遭事物、夢境意象與記憶物體的感覺。假如生活乏善可陳，不要埋怨它，怨你自己，告訴自己還不是一個擁有呼喚未來幸福能力的詩人。因為對創造者言，並不存在著貧窮或貧乏冷淡的問題。即使你被關在獄中與世隔絕——難道你就不再擁有你的童年，這冠冕堂皇的財富，記憶的藏寶庫嗎？把注意力放遠一點，試圖

把龐大沉澱的往事提取出來，你的性格會更堅強，孤絕會更遼闊，那麼過往的喧擾不過如紅塵滾滾，如今不會擾亂你的心思。這種轉入自己內在世界呈現出來的詩，就不需要和人詢問這是否是好詩，是否迎合某些雜誌興趣，因你已在詩作看到自己的可愛渾然天成，在生命的片段與聲音中。一件藝術品，只有在「必須」下產生出來才是好的，也就是它是否從存在根源誕生的這個判斷，就是對藝術作品唯一的評價。因此，親愛的先生，除了上面所說的之外，我別無建議。走向自己內心吧，試探生命深度直到它的源頭，就會發現是否「我一定」要創作？坦然接受它，不用去懷疑，也許它就帶往你成為一名藝術家。接受這加諸於你的命運吧，承擔它的重負與偉大，連外邊有什麼報酬也不需要問。創造者一定有完整的自我世界，且因為自己找到的一切，可以和自然連結。

也許經此自我探索及內在孤寂之後，你可能就放棄做詩人的念頭了（像我曾說過，如果覺得一個人不寫作也可活著，乾脆不要去嘗試）。即使如此，我要求你做的內省功夫也不會白費，你的生命從此找到方向，美滿豐足，廣闊無垠，充滿我的祝福。

還要給你說些什麼呢？一切對我來說自然而然，僅想勸你在整個成長過程安靜肅穆，不要魯莽向外看，期待外面能解答那些只能在你自己的最靜寂時刻才能回答的問題。

你信中提及荷拉錫教授令我快慰，多年來我一直保留對這位和藹學者的尊敬，也請你轉達我的敬意，很難得他還記得我，我很感激。

隨信附回你寄來詩作，再次感謝你對我偉大誠摯的信任，而我也盡傾所知誠實回答，好讓我這個陌生人值得你真正的信任。

忠誠與熱烈關懷的

萊納‧瑪利亞‧里爾克

☆評析：

1. 起因：

1902 年晚秋，維也納自治新城區（Wiener-Neustadt）的德勒斯安軍事學校（Theresian Military Academy）學員卡卜斯（Franz Xaver Kappus）正在校園一棵老栗樹下讀著奧地利詩人萊納・瑪利亞・里爾克（Rainer Maria Rilke, 1875-1926）的詩集，剛巧被軍校神職人員荷拉錫神父（chaplain Franz Horacek, 1851-1909, a catholic priest）路過看到，這位神父教授十五年前曾在聖波亭（Sankt-Polten）另一所初級軍事學校教過里爾克，拿來一看是里爾克寫的，十分高興要介紹他們認識。卡卜斯於 1903 年 2 月收到里爾克自巴黎第一封回信後，便開始長達五年（1903-1908）的通信，於 1903-1904 的一年間共寫有九封信，只有第十封寫於 1908 年。

1929 年卡卜斯把里爾克寫給他十一封信的十封交德國萊比錫的島嶼出版社（Insel Verlag）結集為德文版《給青年詩人的信》（Briefe an einen jungen Dichter），並附一篇簡短「前言」，交代就讀軍事學校矛盾心情及從事創作與人生指向。那年他 19 歲，佩服里爾克五體投地，里爾克 27 歲，老氣橫秋從各方面解說詩的「不可說」奧祕及完成，在第一封回信裡，他婉拒評說卡卜斯附寄的詩，指出詩不在於寫什麼，而

是為何而寫，「找出為何讓你要寫的原因，看它是否扎根在你心底處，衷心承認不讓你寫就會死！最重要是在最靜寂夜晚，問自己究竟需要寫否？挖掘入自己深處去找出答案，假如是肯定的，假如能用簡單有力的『我一定』（I must）面對這嚴肅問題，那麼就全力把生命投入這嚴肅問題，整個生命最瑣碎無味時刻，都應是對『我必須』的回應和見證。」

卡卜斯當年出版里爾克德文的十封信沒有附上他自己的去信，原因應該很簡單，像他在「前言」最後一段說的：「當一個偉大獨特人物在說話，小人物就應緘默。」（Where a great, unique man speaks, lesser men can only fall silent.）但是我們要注意，里爾克信內提到的反諷（irony）、性（sex）、不懂分寸的親人（uncomprehending relatives）和對上帝的失落（loss of a sense of God）等話題，都是卡卜斯首先提出由里爾克發揮回答，所以並未完全算是緘默閉口。此外，這本德文書信集出版與島嶼出版社的態度也有關係，出版社從來沒有把這些書信看作是里爾克個人創作，雖然與同在 1929 年里爾克其他卷帙浩繁書信集出版，但並未放在一起當作重量級作品推出，而被放在另一批流行刊物售賣，人情冷暖，莫過於此。

從此以後，此書卻是洛陽紙貴，成為閱讀里爾克的必讀作品，各種語言譯本不斷推出，鞏固里爾克在十封信內的權

威聲音，大家也不在意卡卜斯，相信他的去信早已遺失，或是里爾克在歐洲遷徙各地，沒有留存一個 19 歲年輕人寫給他真誠狂熱信件。

一直到 2017 年，德國學者翁格勞布（Erich Unglaub）發現卡卜斯的信件一直藏在里爾克家族檔案，遂於 2019 年首次把倆人書信放在一起出版德文版（Briefe an einen jungen Dichter -- Mit den Briefen von Franz Xaver Kappus, Wallstein Verlag, 2019）；2021 年美國學者達邁・希爾斯（Damion Searls）出版了英譯本（Letters to a Young Poet -- With the Letters to Rilke from the "Young Poet", Liveright, 2012）。據傳卡卜斯於 1953 年 10 月 20 日曾把里爾克給他的這批書信拍賣出去，得 1,850 馬克，目的是幫忙里爾克女兒露芙（Ruth）在戰後的貧乏生活處境，拍賣得主傳為美國人，自後便無人得睹這些信件，不知翁格勞布教授在里爾克家族檔案裡同時得睹里爾克寫給卡卜斯的書信否？是否美國買主後來物歸原主？但可以肯定，他看到了卡卜斯的真跡書信。

2.

根據諾頓夫人（M.D. Herter Norton）在她翻譯《給青年詩人的信》（諾頓修訂版，Letters to a Young Poet, Norton revised edition, 1954）書內給里爾克做的 1903-1908 編年史

（Chronicle），指出里爾克於 1902 年 8 月底赴巴黎，準備進行研寫羅丹（Rodin）的專書。那時里爾克的法語並不流利，曾在語言學校補習法文，但他不諱言第一次見羅丹時用法語交流的窘態，但坦然接受挑戰，已可用法文寫詩。

但他對巴黎首次印象並不良好，甚至可怕，這個城市所代表一切刺激的華麗靡爛，就像聖經內上帝要摧毀的城市，於是開始明白為何現代法國詩人如魏希崙（Verlaine）、波特萊爾（Baudelaire）、馬拉美（Mallarme）經常出現「醫院」在詩中，而這一切的印象均寫在他的半自傳小說《馬爾特隨筆》（The Notebooks of Malte Laurids Brigge）內 1-7 節。

下面是本書譯者《馬爾特隨筆》第一節翻譯：

9 月 11 日，杜利爾街（rue Toullier）

那麼，雖說這裡人們前來活命，但看來卻是找死，我在外走動看到不少醫院，有人搖晃行走倒在地上，人們圍攏著他，其他怎樣我就不知道了。我看到一個孕婦艱辛沿著一面溫熱高牆前行，不時碰觸像要保證它一直都在。是的，它一直都在，然而高牆背後又是那裡？我拿出地圖找到：「婦產中心」（Maison d'Accouchement）。太好了，她將在專業熟練人手那裡分娩。再往前走就是聖雅克大街（rue Saint-Jacques），有一座炮台的龐大建築物。地圖標明：「聖寵

谷教堂軍醫院」（Val-de-Grace, hopital militaire），雖然我不用知道，但也無傷大雅。街道四處開始發出氣味，能分辨到的有碘消毒藥水（iodoform）、炸馬鈴薯脂油（pommes frites），還有可怕氣息。夏天所有城市都惡臭，看過去一座大樓窗戶封閉，像白內障朦朧不清，地圖也沒指標，大門上面字跡依稀可辨：「夜宿處」（Asyle de nuit），入門還有一張價目表，稍讀畢，很便宜。

　　還有什麼？一個小孩躺在路邊一輛嬰兒車內，胖嘟嘟，嬌嫩嫩，前額清楚有皮膚斑疹，但很明顯已剝落痊癒。嬰孩睡著，嘴巴張開，呼吸著碘消毒藥水、炸薯脂油和恐怖氣息裡。就這麼簡單，主要是活著，活著是最重要的。

　　里爾克當初就住杜利爾街 11 號（No. 11, rue Toullier）的一家小旅館，數週後又遷往附近另一家小旅館五樓，他可以在陽台看出去那些花園，排列房屋，拉丁區遠處先賢祠（Pantheon）的塔頂，在那裡開始寫給年青詩人的第一封信，同時羅丹那種對工作終身「勤奮不懈」（toujours travailler）的精神態度對他的影響是鉅大的，里爾克在書信裡成了羅丹的替身，激勵了沮喪的年青詩人。

3. 卡卜斯第一封回信（1903 年 2 月 24 日），維也納新

城（Wiener Neustadt）

　　卡卜斯收到里爾克2月17日回信後，十分高興讀了又讀，感激萬分，於2月24日自軍校發出回信，亟想補充上次言猶未盡，一旦他聚精會神反躬自問：我定要寫嗎？但可怕念頭隨即像燕子競飛而來，我是誰？我來自何處？去自何方？然後字句就半自動式衝口而出，必須是這樣嗎？

　　他答應不隨波逐流，不再寫情詩，但反問，難道從此就靈台清澈，見前人之所未見？跟著他提到碰到魔鬼訪客「反諷」（Irony）的來訪，常取走他在日常生活對愛與美的信念。其實他所謂反諷的應用，應該就是言外之意，口是心非，說出的話和心內相反，偏又讓人知道弦外之音，常與譏諷（sarcasm），諷刺（satire）混淆，所以里爾克在第二封回信有很好的解說。

里爾克第二封信

1903 年 4 月 5 日，義大利，維亞雷焦（Viareggio），比薩（Pisa）附近

　　一定要原諒我，親愛的先生，直至今天才記得多謝你 2 月 14 日來信。這些日子一直不很舒服，不是真正生病，但被一種相似流感的疲乏壓制，讓我動彈不得。終於不再等待好轉，就來到這南方海洋，以前曾承蒙它的協助恩典在這裡休養，現在我仍未痊癒，書寫還是困難的，所以你要把這封簡訊當作全信來讀。

　　當然你定知道每封來信都讓我歡喜，而我的回覆卻讓你兩手空空，歸根結底，所有深奧要緊之事，皆無法只用自己的想法簡單說出，如要讓個人的解說可以幫助另一個人，必需要有如星象契合般，彼此關注著許多正在發生或好轉的事情，才有一擊即中的效果。

　　今天只有兩件事情要告訴你。

　　反諷（Ironie）：在剛開始創作的時刻，不要讓它來凌駕你。而在創造力發生後，可以把它當成一種理解更豐富生命的手段。若能動機純正且理直氣壯地運用反諷，就不必因為它而有任何羞愧。或是害怕與反諷愈來愈接近，而被它凌駕，因為在那些偉大嚴肅的事物前，它就會變得渺小無助。去尋覓事物的深度，直至反諷無法潛入，當你來到偉大邊緣，同時測試這個反諷態度是否來自你的必須本性。如是真的來自

你本性，就會變成一個更有力的嚴肅器具，在你藝術創作時可用的工具。

第二件今天要告訴你：

我讀過所有書裡，很少是非讀不可，但有兩部書是被我隨身攜帶的，一本是聖經；另一本是丹麥作家詹斯‧彼得‧雅各布森（Jens Peter Jacobson）的著作，不知你知道他的作品否？找他的書很容易，很多都已出版在「雷克拉姆萬有文庫」（Reclam's Universal-Bibliothek）系列，翻譯得不錯。試找雅各布森那本《六個故事》（Six Stories）及他的長篇小說《尼爾斯‧萊恩》（Niels Lyhne）。先行閱讀六個故事的第一篇〈摩根斯〉（Mogens），你會感到喜從天降──那些歡樂、豐碩，全世界無法捉摸的偉大。讓生命片刻停留在這些書內，超出一切地去愛它們，從它們學習什麼是值得學習的。這個愛將會回饋給你千百倍，無論你生命千迴百轉，我確信它會是你挫折喜悅成長經驗的織布上，最重要的一條線索。

假如要我說從誰那裡學到創作本質、深度和傳世價值，只有兩個人，偉大，偉大的作家雅各布森，及雕刻大師羅丹（Auguste Rodin），他們在現存藝術家中可說舉世無雙。

祝福你在所有成功過程！

你的

萊納‧瑪利亞‧里爾克

☆ 評析：

1. 里爾克在義大利

　　巴黎的冬天對里爾克健康並不友善，詩人於三月間前往義大利比薩附近的濱海小鎮維亞雷焦避寒，他曾在 1898 年春天來過，在那兒完成組詩〈少女們之歌〉（Lieder der Mädchen, Songs of the Maidens）及詩劇《白色公主》（Weisse Furstin, The White Princess）初稿，但維亞雷焦海鎮灘岸讓人談論最多還是英國浪漫詩人雪萊之死。1822 年雪萊航行自己建造的小船「愛麗兒」號（Ariel）出海，此船本名「唐璜」（Don Juan）為拜倫所取名，後雪萊改船名為莎士比亞《暴風雨》劇中精靈愛麗兒。此船於返航時遇風暴覆沒，雪萊及同舟兩友均溺斃，遺體漂回海灘並在此火葬。

　　這次里爾克在海鎮的停留只帶有他的聖經及雅各布森小說《尼爾斯‧萊恩》，每日赤足在少有人跡的灘頭漫步，作日光浴，躲開附近翡冷翠酒店（Hotel Florence）嘈雜的英、德遊客。大海有洗滌作用，波濤的浪聲把他心中煩惱清洗乾淨。有時受不了不斷吵鬧的海浪聲，便會退入林間找到一棵老樹盤根躺下良久，像一個孤獨者初臨這世界。

2. 反諷與雅各布森

　　第二封信內里爾克要說兩件事之一，修辭上反諷運作，其實是雙刃之劍，可以傷人，亦可傷己，卡卜斯在第一封回信內稱反諷為「魔鬼訪客」，經常造訪困擾，取走他日常生活對愛與美的信念，那是傷敵不克反成傷己之刃，六神無主求助於里爾克。里的答覆也很乾脆，若能動機純正且理直氣壯地運用反諷，就不必因為它而有任何羞愧。也就是說，詩中反諷運作如果出自私心，蓄意傷人，那就弄巧反拙，反讓它「凌駕於你」，這時就應反其道而行，把注意力轉移向偉大嚴肅的事物，一旦智珠在握，便似《莊子》〈說劍篇〉內所說的，應取天子之劍，而棄諸侯及庶人之劍。也就是里爾克所說的「在那些偉大嚴肅的事物前，它就會變得渺小無助。去尋覓事物的深度，直至反諷無法潛入」，反客為主，讓反諷為己所用，作為自己藝術的手段，當你來到偉大邊緣，同時測試這個反諷態度是否來自你的必須本性。

　　第二件事是介紹卡卜斯閱讀丹麥小說家雅各布森（1847-1855），他在哥本哈根大學主修自然學科，深受達爾文進化論影響，在 1871－73 年把達爾文的《物種起源》及在 1874 年把《人的起源及性擇》（*The Descent of Man, and Selection in Relation to Sex*）譯成丹麥語，但因長期遭受肺病折磨，轉而對十九世紀現實主義及自然主義文學產生興趣，試圖在小說創作描繪自然界中觀察到的現實各種層面。里爾克介紹的

是他的第二本長篇小說《尼爾斯‧萊恩》（Niels Lyhne, 1880,
英譯本 1919），翻譯家伍光建於 1936 年曾譯出此書，書名為
《尼勒斯萊尼》，上海商務印書館出版，翌年商務又出版《丹
麥短篇小說集》，內含雅各布森短篇小說〈芳斯夫人〉，譯
者署名「金橋」，其實是左聯五烈士的柔石，他於 1928 年來
到上海與魯迅同辦「朝花社」，出版北歐弱小國家作品，抒
發弱小民族聲音，丹麥亦在其中。但《尼爾斯‧萊恩》描述
的是一個無神論者在殘酷世界的命運，缺乏宗教信德，不斷
被攻擊考驗釀成悲劇及個人危機，但他幻滅而不悔改，直到
死亡在一場戰爭裡。此書為湯瑪斯‧曼（Thomas Mann）等
德國作家推崇，並非在推廣什麼進步意識型態，而是肯定其
輕視情節，專注於描繪主角心理矛盾與衝突的獨特風格，里
爾克崇拜雅各布森作品亦在於此，他的自傳小說《馬爾特隨
筆》受其風格影響處處可見。

3. 卡卜斯第二封回信（1903 年 4 月 15 日），蒂米施瓦（Temesvdr）

　　時近感恩節，卡卜斯收信十分歡喜，承認反諷不是來自
他本性，而是對德國詩人海涅（Heine）的誇大崇拜，當年極
力汲取詩藝，海涅那種陰暗惡毒的世界觀遂存留在他身上，
現在學習到以動機純正的態度來運作冷諷成為聖潔手段，對
海涅的熱忱已開始冷卻。

他已閱讀六個故事，但與閱讀其他作家作品不一樣，在雅各布森的人物裡，他能感受到一樣真實的情感，而非只是暗中猜想的擔心或希望（and feel with his characters, not just hope or fear for them）。

跟著話鋒一轉，詢問對紅極一時的德國詩人德梅爾（Richard Dehmel，1863-1920）評價，他的詩歌被許多作曲家如荀白克（Arnold Schoenberg）、馬勒（Alma Mahler）、施特勞斯（Richard Strauss）譜成樂曲，儘管他早期歌頌工人階級及他們的苦難，另一方面卻宣揚個人主義及無拘無束的直覺熱情，相信愛情和性愛的神祕力量可以找到解決生命衝突的方法，男女感性關係可以充分發展入更高的精神生活。他的圖畫詩集《女人與世界》（Weib und Welt, 1896）曾引發醜聞，被保守派詩人譴責為褻瀆作品，儘管無罪釋放，法院仍譴責該書淫穢，褻瀆神明，下令將其焚毀。

卡卜斯的問題在於無法分辨出德梅爾如何如動物春情發動般的生活及寫詩（I can't figure out what I think about the way he lives and writes poetry as if rutting, in heat），他的詩似有千言萬語，又似空無一物。卡卜斯認為藝術在乎真相（truth），無論藝術家僅是提供、描繪、搧動，或是潛意識的流動感應，總有真相在內，他希望里爾克能指導解答。

於是便引出里爾克第三封信內談論性與情欲（sex and passion）。

里爾克第三封信

1903 年 4 月 23 日，義大利，維亞雷焦，比薩附近

　　親愛的先生，復活節的來信讓我高興，信上提到許多關於你的好消息，尤其談及雅各布森偉大可愛藝術時，足見我把你生命的各種問題引向豐富泉源的做法是對的。

　　現在《尼爾斯·萊恩》（Niels Lyhne）將在你面前打開，那是一本宏麗有深度的書，反覆閱讀之下，就會覺得它包羅萬有，從生命最微弱的芬芳，品味到它碩大的果實，一切豁然開朗，可掌握、可實踐、可確認，在回憶不斷的餘韻中。從來就沒有微不足道的體驗，發生過的小事故都是注定，命運就像一張神奇龐大網絡，一隻無限溫柔的手引領每條線穿梭在其他千百條線索之間。首次閱讀此書將會帶給你無限喜悅，像一場嶄新的夢，爬梳出無數驚奇，我可告訴你，日後重讀這些著作，也會帶來同樣詫異，一點也沒損失原來光彩，像第一次閱讀童話魅影，令人無法抵擋的驚奇。

　　這些書在不斷閱讀下增強其內涵意味，讓人更加感動，沉思更單純美妙，更深一層了解生命，活得更寬敞開心。

　　往後你必須去讀那本有關命運與欲望的《瑪莉·葛魯伯》（Marie Grubbe），還有雅各布森的信札，日記選頁及片段文字，最後還有他的詩即使是平庸的德文翻譯，都音韻鏗鏘（在此勸你如方便，去買一套漂亮雅各布森全集，裡面都有這些

書，一套共三冊，翻譯稱職，由萊比錫的迪德利希（Eugen Diederichs）出版社出版，每冊價格大約五、六馬克。）

關於那篇無比細膩及優雅的〈那裡該有過玫瑰〉，你對該書評介者的指責意見很有道理。這裡順便勸你盡可能少讀那些美學批評，它們不是以偏概全陳舊不堪，就是賣弄一些小聰明術語，今天這學派是，明天那學派非。藝術品來自無限孤獨，更莫逞論文學批評的雕蟲小技，只有愛能抓住它們，在公平對待中認識它們的價值。每次碰到這種闡釋、討論或是推薦，你要先相信自己的感覺和判斷，如果是你錯的話，你內在的自然成長，會隨著時間，慢慢讓你具有認識錯誤的見識，讓你的判斷力可以靜靜地發展，就像一切的進步，一定來自內在內心深處，不容任何催促推擠。所有事物均醞釀而成，然後才顯示出來。去讓每個感覺印象與細胞自我萌芽，在暗中，無可言說中，下意識，超出個人智慧所能掌握，以高深的謙遜與耐力等候新的豁然開朗的時刻。藝術家的生命是孤獨的，他總是一邊了解一邊創造。那裡沒有時間可測量，沒有歲月，十年不算什麼。做為一個藝術家就是不去斤斤計較，要像樹一般成熟而不去強壓它的樹液，無懼挺立在春天的風雨中，不愁接下來的夏天會不會到來。夏天真的會來啊，但它只來給有耐心的人，好像永恆就在他們那邊，那麼廣袤漠然不動。我每天都在學習它，痛苦而又感激地學習它，「耐心」就是一切！

關於理察‧德梅爾（Richard Dehmel）：他的書對我有影響（和他也算是泛泛之交），屬於那種讀到他美麗的某一頁時，就會害怕下一頁前來傾覆一切，讓動人之處變成一無是處。你那句「生活與寫作在春情發動中」描述他很適當，而的確，藝術經驗和性，還有性的痛苦與快感，是那麼不可置信地接近，兩者幾乎在形式上一分為二，分享著同樣的渴求與歡愉。我們可以這樣說，假若不是春情發動，能在偉大、寬敞、明朗，脫離教會任何錯誤含沙射影教條下創作，他的藝術就會變得寬宏大度而不朽。以原始本能而言，他的詩作力道強大，擁有本身一股強烈旋律，像從深山野嶺爆發出來。

但看來這力量並非經常誠實並無虛言，這也是創作者其中一個最嚴峻考驗，如果他要保持住那未被損壞的純真，他必須永遠讓自己處在一種沒有特意表現的渾然天成狀態，於是當這性之力衝向他時，卻發覺它找到的人並非是它所需要的那種純潔無瑕的人，也沒有一個透澈成熟純淨的性的世界，只有一個缺乏普遍的「人性」，且只限於「男性」的世界，春情衝動、陶醉、躁動不安，滿載著古老偏見傲慢，和被男人歪曲愛的負荷。因他「只是」以男人去愛，不是以人去愛，因此他對性的感覺狹窄、狂野、邪惡、限時，也因為沒有永久性的追求，所以減低了藝術價值，讓藝術晦澀破碎了。這樣的藝術「並非」無垢，而是被限定在某段時間與個人情欲中，因此很少能持續存在。（但大部分藝術又何嘗不如此！）

雖然我們依舊可以在他詩內喜悅享受到它的優點，可是不要迷失在裡面，附庸成為恐怖得無法形容而又充滿姦情混亂的德梅爾世界（Dehmelian world），他的世界與真實命運相差太遠，真實命運比起那些短暫煩惱更多折磨，但也提供更多機會走向偉大，更多勇氣走向永恆。

　　最後，有關我的著作，當然想最好把它們全寄給你讓你快樂，但我非常貧窮，我的書籍一旦出版，就不再屬於我的了，而我又無力自己購買，從心所欲送給善待它們的人。

　　於是我在另一字條寫下（包括出版社）那些最近出版的書名（我想有十二、三本之多）給你，親愛的先生，有機會就買幾本吧。

　　我喜悅我的書在你的身邊。

再會
你的，里爾克

☆ 評析：

1. 卡卜斯第三封回信（先後兩封）

回信兩封分別寫於1903年5月2日、7月2日維也納新城，兩信相隔兩月，應是卡卜斯5、6月未等到里爾克回音，7月再去的信，多是問候與閱讀報告，無關討論愛欲宏旨。

5月第一封回信，卡卜斯提及他的家庭，父母及妹妹，他們各方面都非常愛戴他，但和他們在一起的時候，卻感到「雙倍」寂寞，無人知道他內心深處的我，已經蕩然無存，令人傷感，有時會埋怨自己和他們不盡相同，也許就明白為何對里爾克信件如此依賴，讀完又讀，像遠方傳來的福音，完全隔絕於身邊以前和現在的人群。卡卜斯這方面的心聲和里爾克遺世孤絕個性完全一致，因為現實需要，詩人無法與家庭、社會、人群完全隔絕，但又不能不在自我堅持下找到平衡點，就像《杜英諾哀歌》第七首說的：

每當世界蟄伏轉動，都有一群
被遺棄者，過去不屬於他們
不遠的來臨也不擁有
就連最近時刻也已遠離人類；
我們不該被混亂，應該

加強保留仍被認知形體──
曾一度站在命運這毀滅者
與人類的中間，站在不知
何去何從的中間，站在那兒
像存活，讓星星自它們
庇護天堂躬屈下來。天使
我可以給你看，就那兒！
它就站在你永遠的凝視
現在終於完美最後豎立
終於被拯救。墩柱，塔樓
人臉獅身獸，努力延伸大教堂
灰濛濛來自日漸消失異邦城市。

　　人類存在的建設，也就是時間之靈庇護下，人不再需要
認識神廟神明，因為心已被物質填滿，無窮無盡。人，可以
自豪地向天使說：「天使／我可以給你看，就那兒！／它就
站在你永遠的凝視／現在終於完美最後豎立／終於被拯救。」
這些從人類短暫生命建造起來的偉大建設，包括墩柱、塔樓、
人臉獅身獸，努力延伸的大教堂，都已在日漸沉埋的異邦都
市中顯得灰濛濛。

　　跟著卡卜斯報告他的閱讀心得，已經讀完《尼爾斯‧萊
恩》，並且準備購買雅各布森全集。他非常感激里爾克對德

梅爾的評價，對他的啟發實在太重要了，讓他看到怎樣把性生活連接向藝術家們的藝術生命，讓他覺醒於從來難以啟齒的話題，因為這些在傳統眼中視為「非法」的問題是無從開口詢問的，但現在可以向里爾克提問交流了。

他問：性愛是罪惡嗎？當女人變成一個母親，人們稱她「墮落」，可是這難道這不是她的天職，自然命運？反過來說，處女頭頂神聖光環又是什麼？從女人應該成為母親的角度看她是世間一無是處，未盡全責的人嗎？

男人的問題更複雜，男人知道在「幹什麼時」為何還需要肉體沉醉？以一個「創造者」而言，本來簡簡單單的「傳宗接代」動機為何要動員所有身體情欲機制來進行？難道不是理所當然，難道龐大快感不就是要達成肉體的快慰而已嗎？這不是理所當然的嗎？因為這種手段百分之九十九已能清楚達到傳宗接代目的，可是傳宗接代之外，人還能怎麼看待性？本來生命用這方法來繁殖後代，身體的快感就變成是意外的、不需要的、無意的發生，如此便是把身體的快感完全訴諸人類的獸性直覺了。

這就讓卡卜斯厭惡性愛，每次屈服於它時就感到自己分裂成兩半，同時也就對乾枯、不合乎自然規律的所謂「柏拉圖式戀愛」不屑一顧，它長期下來是無法滿足任何人的。因此和里爾克的交流，讓他可以重新看到肉體、情感、精神在

性愛上的合一。卡卜斯在 7 月 2 日維也納新城寫的第二封信主要是談閱讀雅各布森兩部小說，《瑪莉·葛魯伯》和《尼爾斯·萊恩》的心得，認為葛魯伯夫人是個病態婦人，生活土崩瓦解，而尼爾斯·萊恩則不然，無論生命如何陰鬱枯燥，他就是個藝術家，一個「英雄」。

2. 關於短篇小說〈那裡該有過玫瑰〉

卡卜斯在第二封回信曾特別提到〈那裡該有過玫瑰〉（There Should Have Been Roses），覺得被它觸動，它並非評介家所謂的「矯情」（mannerism）作品。

但和一般評介家不同，里爾克卻向卡卜斯高度推薦這短篇（「那是無比細膩及優雅形式的短篇」），並且叫他少讀那些所謂的專家的主觀批評。其實〈那裡該有過玫瑰〉不算是成功的短篇，批評家甚少著墨垂顧，佛洛依德（Sigmund Freud）和湯瑪士·曼（Thomas Mann）喜歡而受影響的是雅各布森長篇小說《尼爾斯·萊恩》。

推崇這個短篇，應該是里爾克對前衛小說形式與技巧的嚮往關注，這種短篇不重視情節，反而藉景物鋪陳去反映人物心理狀態。雅各布森是植物學家，樹木花卉隨手拈來，以情觀物，借景敘情，這個短篇影響到里爾克對小說的創新觀念，尤其是他的自傳小說《馬爾特隨筆》。

但問題是如果景物太抽象虛無，其形式（form）無法撐起故事（content）架構——將使讀者在享受著不同景物人物的細膩描繪之餘，陷入沒有故事情節內涵的圈套，雅各布森所強調的這點，是我們讀作品時最容易發生的晦澀地帶——敘述者僅僅藉景物或出場來虛構人物或對話，以便讓讀者在閱讀時聽到一些過往逸史、地方、人物（作者稱之為「諺語」proverbe）的諸多聲音。

為了幫助清楚解釋，我將〈那裡該有過玫瑰〉全篇小說附譯於下，並附英譯原文。

〈那裡該有過玫瑰〉

雅各布森／著，發表於 1882 年
英譯：安娜‧格拉寶（Anna Grabow, 1917）
中譯：張錯

那裡該有過玫瑰

大朵蒼白的黃玫瑰。

它們應當豐沃大串掛在花園圍牆，嫩葉漫不經意撒開在道路馬車輪軌：那是花朵所有繁盛財富的一種優越炫耀。

它們也該蘊藏玫瑰輕柔短暫香味，無法捉摸，就像無名水果從感覺訴說夢中掌故。

或是它們應該是紅色，玫瑰？

也許。

它們可能是細小圓型堅強玫瑰，鮮豔紅潤從柔長纏枝嫩葉垂掛下來，像朝著行走旅客打個招呼或飛吻，他們在路上走著，雙足疲憊，灰塵滿面，為尚有半哩路程就可到羅馬而開心。

那麼他在想什麼？將來又會怎樣？

現在屋宇把他擋住，它們把這邊全部遮蓋，連接前面道

路和都市。但在另一邊，仍有遠景視野，道路繞入緩慢隨和彎角走向河流，朝著傷心橋梁直走，再過去便是廣大草原（Campagna），那麼一大片灰綠平原……無數沉悶哩程從那兒升起，重擔落在行人身上，讓他感到孤單被棄，身上注滿欲望渴求。所以最好還是讓他在角落的花園高牆下歇息，空氣幽靜微溫，坐在陽光一邊，那邊有靠椅彎入園牆空間，坐在那兒凝望路旁陰溝閃爍青綠鋸齒爵床（acanthus），銀色斑紋薊（thistle），還有秋日淡黃花朵。

該有過玫瑰在對面灰色漫長牆壁，壁上滿是蜥蜴細孔和枯草夾縫，它們應是從這裡偷窺出去漫長枯燥平面牆壁，連接上熟鐵打成的格子欄杆，古老龐大、美麗飽滿如籃子延伸成一座寬敞陽台，高度過胸。每當厭倦於封閉式花園，登臨這裡定會感到精神一振。

他們經常如此在那兒。

他們討厭這座華麗老別墅，據說裡面是大理石梯階，粗糙織錦掛毯，冠冕堂皇遠古樹木，青松和月桂，白蠟木、柏樹、橡樹，生長期間都被討厭著，因為不安定的心，所以他們會對這些樹的生長，它們的平凡、瑣屑、沒啥重要只是站著一動也不動而感到厭煩，充滿敵意。

至少從陽台可以放眼望出去，這就是他們為何站在那兒，世代接世代，全部凝視向遠方，每世代都有正、反兩面意見。

金手鐲裝飾的手臂曾倚鐵欄扶手，許多及膝綢緞曾壓著蔓藤花紋欄杆，彩帶四面飄揚代表愛情與情人約會，身體笨重懷孕的主婦曾站在那兒向遠方發出無法傳遞訊息，壯碩豐滿的棄婦恨意蒼白……儘管轉念就可殺死，一個念頭就可大吵大鬧！……男女之間啊！經常都是女人與男人，就連被解放的處女潔白靈魂，緊貼著黑色欄杆像一群迷失鴿子，大聲向幻想尊貴猛禽呼喊：「帶走我們吧！」

這裡也許可以想出一些諺語故事（proverbe）。

如此景物十分適合諺語。

那兒牆壁原封不動，只需把道路擴闊入圓型空間，中央有一座古老適當灰岩噴泉和殘缺斑岩的圓碗盤，至於噴泉雕塑有一隻斷尾海豚，一個鼻孔已被堵塞，另一個則有一股活水噴濺出來，噴泉另一邊是半圓型岩泥混凝長椅。

一層灰白灰塵，暗紅岩石，砍開黃色穿孔灰岩，陰暗打磨灰岩潮濕發亮，細小活潑閃著銀光噴出的泉水——物質和色彩調和恰到好處。

演出角色：兩個侍從。

不是來自確定歷史朝代，現實侍從絕對無法符合理想侍從，僅是他們的服裝帶著歷史效果，這裡的侍從便如同是從圖畫及書籍夢想中走出來的。

代表最年輕侍從的女優穿著貼身淡藍薄絲綢，刺繡淺金百合族徽紋章，圖案與大部分花邊顯示出服裝最顯著特色，並不指向任何世紀，僅是呈現主角青春性感豔麗，驕人金髮，膚色清亮。

她已婚，但只年半就和丈夫離婚，傳言並不善待她先生，這也算了，從外表看來真的純真善良，就是說，不是那種天生高雅純真帶來的吸引氣質，而是一種眾人承認後天培養成熟，出自心坎的純真，它能全力俘虜人，一般來說只能在功德圓滿時才能做到。

諺語故事的第二個女優苗條哀怨，未婚，沒什麼過去，一點也沒有，無人知悉她的任何過往，然而她的肢體線條美好，淡如琥珀常人容貌顯而易見，烏黑秀髮遮蓋的臉孔長在強而有力的頸脖，似笑非笑藏著誘人飢餓欲望，眼神深邃明亮柔軟如三色堇內黑色花瓣，服飾淺黃，依照胸衣款式寬闊上下條紋，圓領，黃玉鈕扣，衣領旁緊貼衫袖均有一條窄縫飾邊，短褲，大幅開叉，暗綠，開叉處帶淺紫，灰色長襪，藍衫侍從穿的當然是全白，倆人均戴巴雷特扁帽。

這就是他們的外貌。

如今黃衫站在陽台傾身靠過欄邊，此時藍衫坐在噴泉旁靠椅，舒適倚著，滿是戒指的雙手抱住單膝，如夢如幻望向大草原。

他說道：

「不！這世界除了女人甚麼也沒有！我就是不明白……她們被創造時一定有某種魔法植入裡面，至少我看著她們一個個：伊莎烏拉、羅莎蒙、董娜麗莎及其他女人，衣裳如何黏在她們身體垂落行走，我隨即氣血散亂，腦袋空虛，手足顫抖乏力，好像整個人被組合成一股單純懼怕，很不舒服的欲望氣息。那是什麼？為何如此？好像幸福無聲無息走過我門口，而我要緊緊抓住它讓我擁有，那會多麼美好──但捉不住它，我看不見它。」

另一侍從自陽台說道：

「羅倫素，假若你現坐在她腳下，迷失在她忘記為何叫你前來的原因，你靜坐等待，她可愛臉龐垂顧著你稍遠一點，比天空清晰星辰更加夢幻朦朧，但仍那麼靠近，每樣表情均使你如痴如醉，每句美妙流淌出來的話，肌膚每寸白裡透紅，難道比起你跪著膜拜的那位，坐在這兒的她不更像是另一世界的人！難道假若她真屬於另一世界，是被另一世界圍繞的人，她不會帶著你去找到那個你還不知道的歡樂的目標？從你的世界，從你所有的一切，她的愛和你所有的相隔十萬八千里，她夢想遠處，欲望在遠方，看來她的思念沒有辦法留出任何空間給你，無論你怎樣熱烈亟想為她犧牲一切，包括你的生命，你全部一切，但最後你與她之間的伴侶關係沒

有任何一點火花，更不要說互屬對方了。」

「是的，你知道就是如此，但……」一隻黃綠蜥蜴沿著陽台邊緣奔走，停止，四處觀望，擺動尾巴……

假如有人找到一塊石頭……

小心，我的四腳朋友。

不，你不可能打中的，它們早在石頭未到時就已聽到了，總之他也害怕。

但侍從們同時不見了。

美豔的藍衫一直坐在那兒，她眼神流露出一種純正自然渴望，動作也帶神經質的預感，說話時脣角微帶一絲痛苦，甚至因為聽到黃衫從陽台傳來的，低沉軟滑帶著挑逗愛撫詞句的聲音，而加劇其譏諷與同情。

真難相信兩人還在這兒！

她們在那兒，在他們離開後，她們像表演著諺語劇情般，絮絮叨叨不斷訴說年輕時模糊的愛情，唯獨掠過心中的不祥預感，及所有她們曾經立下的願望。這即將逝去的愛，僅來自一股強烈感情熾熱光輝！就此她們展開對話：關於年輕時的痛心抱怨，年長的溫柔惋惜，後者說——黃衫給藍衫說——他難道不應該更有耐心，才能得到女人將他虜縛的愛？

「相信我，」他繼續說，「那些摟抱你的雪白雙臂，讓你失魂落魄的雙眼，以及感到幸福無邊的雙肩，這種愛很快都會歸諸塵土盡付虛空，它的幸福只以鐘頭計算，隨時都會變老、消失，所以，不，你是快樂的。」

　　「不，你才快樂，」藍衫回答，「假若我是你，我願意把世界的一切都給你。」

　　藍衫站起，開始步入大草原的路途，黃衫在後面看著他，苦笑自言自語，「不，他才是快樂的。」

　　但遠在路上，藍衫再次轉身向著陽台，揚起扁帽大聲說：「不，你快樂！」

　　※

　　那裡該有過玫瑰。

　　微風吹過，陣雨般搖落滿載枝頭的玫瑰花瓣，旋向那離去的侍從。

3. 評析〈那裡該有過玫瑰〉（以下簡稱〈玫瑰〉）：

雅各布森發表〈玫瑰〉於 1882 年，採用文體（style）及語法結構（structure）近乎詩的含蓄精練，異乎於一般小說，譬如描述玫瑰：「它們應當豐沃大串掛在花園圍牆，嫩葉漫不經意撒開在道路馬車輪軌：那是花朵所有繁盛財富的一種優越炫耀。」那是詩的文字。描述橋梁：「道路繞入緩慢隨和彎角走向河流，朝著傷心橋梁直走……」為何橋梁傷心？便是因聽到河流的流水嗚咽。但作者文風不是文體作家（stylist），這篇小說如此特出，如此被里爾克看重，完全在於他扮演先驅者角色，在歐洲女性主義尚未流行時，已先產生出「中性／變性」（gender bending）或「扮裝」（gender bender）的奇想（conceit）描述風格，如不從這奇想入手，全篇便無從解釋。

演出角色：兩個侍從。

不是來自確定歷史朝代，現實侍從絕對無法符合理想侍從，僅是他們的服裝帶著歷史效果，這裡的侍從便如同是從圖畫及書籍夢想中走出來的。

作者強調侍從（pages）的虛擬身分，是從圖畫及書籍夢想中走出來的，僅能自服裝中辨悉某種歷史背景，但是最弔詭的便是代表最年輕侍從的女優（actress）穿著貼身淡藍薄絲

綢，另一個侍從也是女優，服飾淺黃。忽然性別扭曲（變異），兩女優分別扮演男性貴族廷臣（courtiers）的「他們」，展開藍衫與黃衫女優的「他」對話——

……倆人均戴巴雷特扁帽。

這就是他們的外貌。

如今黃衫站在陽台傾身靠過欄邊，此時藍衫坐在噴泉旁靠椅，舒適倚著，滿是戒指的雙手抱住單膝，如夢如幻望向大草原。

藍衫的「他」在噴泉旁靠椅道出男女間虛幻愛情遊戲，男的欲火焚燒，女的欲拒還迎，黃衫友人理智告訴藍衫的他（原來他名字叫羅倫素）女人的城府極深且虛假，即使抵死纏綿，心中還可在想別人。女扮男裝的女人，說出男人的說話，也許還不止性別變異，是雙性的雌雄同體（androgynous），女性具有融合男性歡樂與悲傷的特質，有同樣的情欲渴切與去勢恐懼。

這種雌雄身分互相對換（interchange）、重疊（overlap），時而女優女性本人，時而扮演朝臣男性他者，彼此爭執於誰更快樂：就此她們展開對話，年青的痛心抱怨；年長的溫柔惋惜，後者說——黃衫給藍衫說——他應該更有耐心要求女人用愛把他虜縛住。

「相信我，」他繼續說：「那些摟抱你的雪白雙臂，讓你失魂落魄的雙眼，以及感到幸福無邊的雙脣，這種愛很快都會歸諸塵土盡付虛空，它的幸福只以鐘頭計算，隨時都會變老、消失，所以，不，你是快樂的。」

4. 全文英譯：安娜‧格拉寶（Anna Grabow），1917

THERE SHOULD HAVE BEEN ROSES

There should have been roses

Of the large, pale yellow ones.

And they should hang in abundant clusters over the garden-wall, scattering their tender leaves carelessly down into the wagon-tracks on the road: a distinguished glimmer of all the exuberant wealth of flowers within.

And they should have the delicate, fleeting fragrance of roses, which cannot be seized and is like that of unknown fruits of which the senses tell legends in their dreams.

Or should they have been red, the roses?

Perhaps.

They might be of the small, round, hardy roses, and they would have to hang down in slender twining branches with smooth leaves, red and fresh, and like a salutation or a kiss thrown to the wanderer, who is walking, tired and dusty, in the middle of the road, glad that he now is only half a mile from Rome.

Of what may he be thinking? What may be his life?

And now the houses hide him, they hide everything on that side. They hide one another and the road and the city, but on the other side there is still a distant view. There the road swings in an indolent, slow curve down toward the river, down toward the mournful bridge. And behind this lies the immense Campagna. The gray and the green of such large plains... It is as if the weariness of many tedious miles rose out of them and settled with a heavy weight upon one, and made one feel lonely and forsaken, and filled one with desires and yearning. So it is much better that one should take one's ease here in a corner between high garden-walls, where the air lies tepid and soft and still—to sit on the sunny side, where a bench curves into a niche of the wall, to sit there end gaze upon the shimmering green acanthus in the roadside ditches, upon the silver-spotted thistles, and the pale-yellow autumn flowers.

The roses should have been on the long gray wall opposite, a wall full of lizard holes and chinks with withered grass; and they should have peeped out at the very spot where the long, monotonous flatness is broken by a large, swelling basket of beautiful old wrought iron, a latticed extension, which forms a spacious balcony, reaching higher than the breast. It must have been refreshing to go up there when one was weary of the enclosed garden.

And this they often were.

They hated the magnificent old villa, which is said to be within, with its marble stair-cases and its tapestries of coarse weave; and the ancient trees with their proud large crowns, pines and laurels, ashes, cypresses, and oaks. During all the period of their growth they were hated with the hatred which restless hearts feel for that which is commonplace, trivial, uneventful, for that which stands still and therefore seems hostile.

But from the balcony one could at least range outside with one's eyes, and that is why they stood there, one generation after the other, and all stared into the distance, each one with pro and each one with his con. Arms adorned with golden bracelets have lain on the edge of the iron railing and many a silk-covered knee has pressed against the black arabesques, the while colored ribbons waved from all its points as signals of love and rendez-vous. Heavy, pregnant housewives have also stood here and sent impossible messages out into the distance. Large, opulent, deserted women, pale as hatred... could one but kill with a thought or open hell with a wish!... Women and men! It is always women and men, even these emaciated white virgin souls which press against the black latticework like a flock of lost doves and cry out, "Take us!" to imagined, noble birds of prey.

One might imagine a proverbe here.

The scenery would be very suitable for a proverbe.

The wall there, just as it is; only the road would have to be wider and expand into a circular space. In its center there would have to be an old, modest fountain of yellowish tuff and with a bowl of broken porphyry. As figure for the fountain a dolphin with a broken-off tail, and one of the nostrils stopped up. From the other the fine jet of water rises. On one side of the fountain a semicircular bench of tuff and terracotta.

The loose, grayish white dust; the reddish, molded stone, the hewn, yellowish, porous tuff; the dark, polished porphyry, gleaming with moisture, and the living, tiny, silvery jet of water: material and colors harmonize rather well.

The characters: two pages.

Not of a definite, historical period, for the pages of reality in no way correspond with the pages of the ideal. The pages here, however, are pages such as dream in pictures and books. Accordingly it is merely the costume which has a historical effect.

The actress who is to represent the youngest of the pages wears thin silk which clings closely and is pale-blue, and has heraldic lilies of the palest gold woven into it. This and as much lace as can possibly be employed are the most distinctive feature of the costume. It does not aim at any definite century, but seeks to emphasize the youthful voluptuousness of the figure, the magnificent blond hair, and the clear complexion.

She is married, but it lasted only a year and a half, when she was divorced from her husband, and she is said to have acted in anything but a proper fashion towards him. And that may well be, but it is impossible to imagine anything more innocent in appearance than she. That is to say, it is not the gracious elemental innocence which has such attractive qualities; but it is rather the cultivated, mature innocence, in which no one can be mistaken, and which goes straight to the heart. It captivates one with all the power which something that has reached completion only can have.

The second actress in the proverbe is slender and melancholy. She is unmarried and has no past, absolutely none. There is no one who knows the least thing about her. Yet these finely delineated, almost lean limbs, and these amber-pale, regular features are vocal. The face is shaded by raven-black curls, and borne on a strong masculine neck. Its mocking smile, in which there is also hungry desire, allures. The eyes are unfathomable and their depths are as soft and luminous as the dark petals in the flower of the pansy.

The costume is of pale-yellow, in the manner of a corselet with wide, up-and-down stripes, a stiff ruff and buttons of topaz. There is a narrow frilled stripe on the edge of the collar, and also on the close-fitting sleeves. The trunks are short, wide-slashed, and of a dead-green color with pale purple in the slashes. The hose is gray.—Those of the blue page, of course, are pure white.—Both wear barrets.

Such is their appearance.

And now the yellow one is standing up on the balcony, leaning over the edge, the while the blue is sitting on the bench down by the fountain, comfortably leaning back, with his ring-covered hands clasped around one knee. He stares dreamily out upon the Campagna.

Now he speaks:

"No, nothing exists in the world but women!—I don't understand it... there must be a magic in the lines out of which they are created, merely when I see them pass: Isaura, Rosamond, and Donna Lisa, and the others. When I see how their garment clings around their figure and how it drapes as they walk, it is as if my heart drank the blood out of all my arteries, and left my head empty and without thoughts and my limbs trembling and without strength. It is as though my whole being were gathered into a single, tremulous, uneasy breath of desire. What is it? Why is it? It is as if happiness went invisibly past my door, and I had to snatch it and hold it close, and make it my own. It is so wonderful—and yet I cannot seize it, for I cannot see it."

Then the other page speaks from his balcony:

"And if now you sat at her feet, Lorenzo, and lost in her thoughts she had forgotten why she had called you, and you sat silent and waiting, and her lovely face were bent over you further from you in the clouds of its dreams than the star in the heavens, and yet so near you that every expression was surrendered to your admiration, every beauty-engendered line, every tint of the skin in its white stillness as well as in its soft rosy glow—would it not then be as if she who is sitting there belonged to another world than the one in which you kneel in adoration! Would it not be as if hers were another world, as if another world surrounded her, in which her festively garbed thoughts are going out to meet some goal which is unknown to you? Her love is far away from all that is yours, from your world, from everything. She dreams of far distances and her desires are of far distances. And it seems as if not the slightest space could be found for you in her thoughts, however ardently you might desire to sacrifice yourself for her, your life, your all, to the end that that might be between her and you which is hardly a faint glimmer of companionship, much less a belonging together."

"Yes, you know that it is thus. But..." Now a greenish-yellow lizard runs along the edge of the balcony. It stops and looks about The tail moves...

If one could only find a stone...

Look out, my four-legged friend.

No, you cannot hit them, they hear the stone long before it reaches them. Anyhow he got frightened.

But the pages disappeared at the same moment.

The blue one had been sitting there so prettily. And in her eyes lay a yearning which was genuine and unconscious and in her movements a nervousness that was full of presentiment. Around her mouth was a faint expression of pain, when she spoke, and even more when she listened to the soft, somewhat low voice of the yellow page, which spoke to her from the balcony in words that were provocative and at the same time caressing, that had a note of mockery and a note of sympathy.

And doesn't it seem now as if both were still here!

They are there, and have carried on the action of the proverbe, while they were gone. They have spoken of that vague young love which never finds peace but unceasingly flits through all the lands of foreboding and through all the heavens of hope; this love that is dying to satisfy itself in the powerful, fervent glow of a single great emotion! Of this they spoke; the younger one in bitter complaint, the elder one with regretful tenderness. Now the latter said—the yellow one to the blue—that he should not so impatiently demand the love of a woman to capture him and hold him bound.

"For believe me," he said, "the love that you will find in

the clasp of two white arms, with two eyes as your immediate heaven and the certain bliss of two lips—this love lies nigh unto the earth and unto the dust. It has exchanged the eternal freedom of dreams for a happiness which is measured by hours and which hourly grows older. For even if it always grows young again, yet each time it loses one of the rays which in a halo surround the eternal youth of dreams. No, you are happy."

"No, you are happy," answered the blue one, "I would give a world, were I as you are."

And the blue one rises, and begins to walk down the road to the Campagna, and the yellow one looks after him with a sad smile and says to himself: "No, he is happy!"

But far down the road the blue one turns round once more toward the balcony, and raising his barret calls: "No, you are happy!"

There should have been roses.

And now a breath of wind might come and shake a rain of rose-leaves from the laden branches, and whirl them after the departing page.

里爾克第四封信

1903 年 7 月 16 日，華斯韋德（Worpswede），布里曼藝術村（Bremen）附近

　　約十天前我離開巴黎，病痛勞累交迫，來到這北方的大平原，它的廣袤、沉寂與藍天應會讓我康復，但來得不巧，又為漫長雨天所困，直至今天首次在這風吹不歇的土地，透露少許晴朗信息，我才利用這初現的陽光來問候你。

　　親愛的卡卜斯先生：我曾長久擱置給你的回信，不是因為忘記──恰好相反，你的信是我在其他往來通訊中常拿出來一讀再讀的信件。在你信內更覺得親切如同在身旁，那是指來自 5 月 2 日的來信，你定會記得寫了什麼。現在我讀它，相隔著巨大沉靜的距離，為你對生命的美麗關注而感動，比之巴黎讀時感覺還深一層。在巴黎，因為極度喧嘩，在每種事物的過度迴響與消失中，萬事萬物都震盪著，而在這兒，周圍一片廣闊田野，大海吹拂而來的風，讓我覺得你所提出的問題本身都自有它們的生命，即使用盡最巧妙的文字，也無從解答這些細微至無可言說事物。但我相信你將不會悶在心頭，如能像我現在那樣找到眼前一亮的事物。假如你依附大自然（Nature），依附它的單純，那些細小讓人難以注目的事物，這渺小將會不知不覺地變得碩大無可測量。假如你能把愛放在這些毫不起眼的事物，單純為它們服務，贏取看來一無可取事物的信念，一切會變得更容易、更妥貼，與你更

調和——不是出自你困惑落後的智能，那是來自你內在的潛能、醒覺和認知。

你是那麼年輕，一切正在開始，我盡量要求你，親愛的先生，耐心等待面對內心所有不可解的，嘗試去愛「問題本身」（the questions themselves），像上鎖的房間、異國語言寫成的書，不要想著現在就要找出答案，它們也無從給予，因為你還不能在你的生活中體驗到它們，最關鍵的就是要讓所有事物存活，因此現在就「活在問題」裡吧（live the questions）。假使你能這樣做，你將逐漸不知不覺地在某個遙遠一天，因為自己的生活體驗而獲得答案。也許你真的擁有潛能去建構，生活在一種特殊純淨幸福，那就朝著這方向培育自己，以最大信念接受來臨的一切，只要是自己意願，來自內心感到迫切的需要，那就拿起來，不要有任何厭惡。是的，性（sex）很麻煩，但我們就是被要求去解決麻煩的人，差不多所有要緊事情都麻煩，所有事情都要緊，一旦你認清這點，自會在你裡面產生出完全出自於「你」（your）的本性、經驗、童年、和力氣所獲得的「性」的關係。嘗試用性去臻達一個關係，純粹屬於你的（不是被傳統或道德所影響），也不需要擔心遺失自己或是損壞了你最美滿的生命。

肉體快感是一種感官經驗，和純淨觀看，或純淨地感覺一顆美味水果在舌頭帶來的快感沒什麼不同，那是一種豐富

無窮的經驗──讓我們認識這世界，也活在去認識世界的顯赫光輝與成熟飽滿中。對身體的官感體驗並不是壞的，而是差不多每個人都誤用它、浪費它，用它作為生命疲累的變相興奮劑，不是把它用來朝向生命最高尚峰頂而凝聚精神。人們飲食也一樣，一邊索取，另一邊浪費，把清晰需求變得暗淡，所有生命用來更新的精簡必需品也同樣變得呆板無趣。但另一種人，不是那種有依賴性的人，而至少是一個孤獨人──可以澄清自己的需要而明朗活著，他能記得動、植物的所有美麗，是來自一種耐久靜止形式的愛與欲望，他能視動物如同植物，耐心全心全意交合、繁殖、成長，不是來自肉體歡愉或痛苦，而是向大過任何苦樂的需要彎腰俯就，比任何反抗的意志來得強烈。這個奧祕，從最細小事物開始充溢世界，假如人們能嚴肅看待，更謙虛接受、忍受，不再把困難看成是易如反掌的事。假如人們能更敬重那不論是精神或身體的生殖力，且視敬畏為唯一的條件並獲得成果。因為心智創作也是產生自生理的創作，它們共同在一個身體，讓身體有著更溫柔、更銷魂蝕骨的狂喜與歡娛。就如你說的：「僅是成為一個創造者，生殖及製造」這念頭，便缺不了在世間生活中，不斷肯定偉大事物，並朝向它而努力的行動，正是因為出自事物與動物千倍的協調──他的享受才有難以描述的美麗豐滿，因為他有來自千萬生物生產與誕生的遺傳記憶。在他的思想中，會有一千個被遺忘的情愛良夜，在每個「成

為創造者念頭」的鼓舞下復活，其中注滿高貴雄偉。那些夜裡幽會，交纏著肉體快感的愛人們，是在作一種嚴肅的工作，他們收集甜蜜溫存，為將要後起的詩人儲備深沉力量，去說出那些難以言說的歡樂，他們召喚將來，即使迷失惘然，盲目擁抱，將來還是一樣來臨。每個新人類都會在這完成的基礎上成長，且在看似純粹巧合處，讓身體中的永恆法則被喚醒：一顆強壯堅定的精子猛烈衝入游移前來會合張開的卵子。但不要被這表面事物分神，注意下面深一層，一切均是律法。人們（許多人）皆如此，在誤解與失去這奧祕下度過餘生──雖然如此，他們仍流傳下去，像一則密封的信件，即使不知道內容是什麼。不要被不同名稱和個別複雜的情況所誤導，能夠超越不同名稱和個別複雜情況的，也許是一個偉大事物：母性。而一個少女的豔麗，以及你說得好：她的「未經人事」（has not yet accomplished anything）是她害怕著、期待著、準備著的母性（Motherhood）的驚鴻一瞥。母親的美就是以母性來照顧其他人，年老婦人的身體則儲藏著豐碩的母性記憶。在我看來，男人身心也有母性，他的創造行為是一種生產，誕生就是來自裡面最奧祕的圓滿。也許男女雙方關係比我們想像更密切，也許世界大革新後，將會解放男人與女人雙方的錯誤感覺和嫌惡，不再互看雙方為異性，而是兄弟姊妹，鄰居，在一起的「人」（as human beings），一起忍辱負重，負擔起在他們身上棘手的性欲（sexuality）。

無論將來可能實現在眾人的事，現在孤獨者也可以開始準備了，他可以自我奮鬥而更少出錯。所以，親愛的先生，去愛你的寂寞，用甜蜜悲歡去承受加諸你身上的苦痛。你說你痛苦，親近的人離開更遠，其實是你的世界開始越來越大，假使你的附近變得遙遠，那是你的伸延有多麼廣闊，直可上接星辰。你應為自己成長而欣喜，你也不能攜帶任何人和你一起，那就對落在後面的人好一點，在他們面前你要冷靜充滿自信，不要用你的懷疑去懲罰他們，也不要用你的自信或歡樂去嚇唬他們，那是他們所不能了解的。試用一些簡單有恆共同點和他們分享，任憑你自己將來怎麼變化，都要愛惜那種和人疏遠的生活，只是用另種方式去喜愛他們；對長者體貼一點，他們對於你正在信賴的寂寞是不安恐懼的，避免在父母與子女之間的鴻溝雪上加霜，因為這會浪費子女許多的力氣，花盡長者許多的慈愛，即使他們的愛不了解我們，但畢竟是在溫暖著我們；不要向他們求教，不要期待任何了解，但相信你可把這慈愛儲蓄起來像一筆遺產，相信它包含力量，是一個龐大幸福到你無論如何擴大自己的世界，也無需把它們棄置一旁！

　　你現在開始進入一種可以讓你獨立的專業，在各方面全部自主，那是好事。耐心等待去看這專業是否會箝制你的內在生活。我個人認為它困難而苛求，被傳統所壓制，並無任何空間去詮釋它的職責，但你的孤獨將會遮撐你，即使在非

常隔離的環境，從孤獨中你會找出所有途徑。我送上給你全
部祝福，並對你有信心。

你的

萊納‧瑪利亞‧里爾克

☆評析：

1. 談性

　　在里爾克的第二封信裡曾強烈推介卡卜斯去閱讀丹麥小說家雅各布森（Jens Peter Jacobsen，1847-1855）的作品，雅各布森在哥本哈根大學主修自然學科，是個植物學及環境學專家，他深受達爾文進化論影響，分別在 1871－73 年把達爾文的《物種起源》（On the Origin of Species）及 1874 年把《人的起源及性擇》（The Descent of Man and Selection in Relation to Sex）譯成丹麥語，因而里爾克在信中談到性，受到達爾文學說的影響是必然的，尤其是去闡釋人類演化與性擇演化的作用。性擇基本上是獨立存在，由物種自行引導過程（主要是由雌性個體推動）。達爾文說，雌性個體具有「美的品味」（taste for the beautiful），以及「美學技能」（aesthetic faculty）；雄性則需要盡力「吸引」配偶，所以里爾克才會說：「一個孤獨人──可以澄清自己的需要而明朗活著，他能記得動、植物的所有美麗，是來自一種耐久靜止形式的愛與欲望，他能視動物如同植物，耐心全心全意交合、繁殖、成長，不是來自肉體歡愉或痛苦，而是向大過任何苦樂的需要彎腰俯就，比任何反抗的意志來得強烈。」

　　但是也因這樣受到達爾文物種遺傳的影響，里爾克太過

強調性愛與物種適存（fitness of species）需要，才會說：「假如人們能更敬重那不論是精神或身體的生殖力，且視敬畏為唯一的條件並獲得成果。因為心智創作也是產生自生理的創作，它們共同在一個身體，讓身體有著更溫柔，更銷魂蝕骨的狂喜與歡娛。就如你說的『僅是成為一個創造者，生殖及製造』這念頭，便缺不了在世間生活中，不斷肯定偉大事物，並朝向它而努力的行動，正是因為出自事物與動物千倍的協調——他的享受才有難以描述的美麗豐滿，因為他有來自千萬生物生產與誕生的遺傳記憶。」這種傾向達爾文對人類萬億年來的適者性擇遺傳演變，與宗教以「創造者」身分解說宇宙萬物產生背道而馳，更何況里爾克是一個虔誠基督徒！

2. 卡卜斯第四封回信（匈牙利，蒂米施瓦地區醫務院，1903，8 月 29 日）

里爾克在上信最後一段「進入一種可以讓你獨立的專業」的話，是向卡卜斯道賀他擢升為尉級軍官，卡卜斯回信首先道歉月來被官職煩雜混亂事務所困，無法抽空回覆里爾克 19 日來信。他首先多謝里爾克送他《羅丹論》（Auguste Rodin）一書，這本書像是為他撰寫似的，讓他可以進入藝術欣賞堂奧，獲知良多。書內對《巴爾扎克》（Balzac）的雕塑、《卡萊六義民》（The Burghers of Calais）的描述，好像是里爾克親切地在他耳邊解說，給他無垠視野，看到一件藝術品

如何從隱藏虛無之處誕生，且漸漸成長成熟起來，如同米開朗基羅（Michelangelo）或杜勒（Albrecht Dürer）的創作，讓卡卜斯感到如能把古代與中世紀基督教藝術同時呈現，就可取代今天大部分藝術史的膚淺介紹。

跟著談到里爾克的來信充滿無限智慧、眼光遠大、知識淵博，讓他開始明白為何在耐心（patience）中才能找到它美麗的密友——沉默。因為最大的寶藏不是理性了解而已，而是不知不覺地內在成熟，對卡卜斯而言，他很少能獲得這種必須從鬆散的日常生活，提煉出「非得要」（must）的生命輝煌之物的靈性啟蒙機會。性的論點讓他有所開悟，而大自然進化連接物種的論調，更解決了不少疑問。當然這也需要自我操守以及節制，去鬆解存在於歷代思想中對性的不必要之罪惡感。一旦循此途徑就會覺得自己在成長，自由自在，脫胎換骨般把從前渺小醜陋的我丟掉。

3. 關於里爾克的《羅丹論》

卡卜斯第四封回信提到《羅丹論》一書內「卡萊六義民」雕像的情境，就像里爾克親自為他解說一樣。《卡萊六義民》（The Burghers of Calais）本應譯作《卡萊市民》，本文譯者特別譯作《卡萊六義民》，是因為一段歷史掌故。卡萊為法國北部一個濱海城市，在 14 世紀英法百年戰爭（Hundred

Years War 1337-1453），有六個卡萊市民慷慨赴義。根據法
國編年史家尚‧傅華薩（Jean Froissart 1337-1405）《編年史》
（Chronicles）記載，當時英軍即將攻陷卡萊，將要屠城，經
雙方談判，英王愛德華三世提出殘酷條件，卡萊必須選出六
個高貴市民為大家而死。1884年卡萊市當局邀請羅丹雕塑其
中一個義民銅像，羅丹了解歷史後，答應只收一個雕像報酬
而塑造六個雕像，六人排列在一塊扁平台座，組合成一個組
雕整體。

　　里爾克在《羅丹傳》內有一段對六義民及羅丹雕塑藝術
的討論，文字生動，把靜態雕像賦予了動態神采，彷如栩栩
如生的人，簡直就是一篇優美的散文詩。

　　本文譯者中譯一段如下（並附英譯原文）：

每當需要在藝術中復甦歷史人物或題材，羅丹便能以強大能量把過往事件提升到不朽的高度，最精采的例子莫如《卡萊六義民》雕塑了。這組人物引自傅華薩的《編年史》，描述卡萊市被英王愛德華三世強烈攻打，至彈盡糧絕，即將陷城的故事。最後只好同意送出城內最具威望的六名市民給英王「任憑他想怎樣處置」，國王甚至對他們做出離城時要剃光頭，只穿襯衣，頸纏吊繩，手執城堡各門鑰匙的要求。《編年史》描述當時城市情況，市長尚・狄・維納（Jean de Vienne）命令敲響市鐘召集市民前往市集廣場，聆聽市長宣告，民眾靜默期待著，隨著編年史作者的文字，一個個被選中接受死亡召喚的英雄必須從人群中站起來。此時群眾升起了號哭悲泣，編年史作者也似乎受到撼動，執筆顫抖，隨即恢復鎮定，開始說出四個英雄名字，其餘兩人名字編年史作者忘記了，他說一人是全市首富，另一人集權力財富於一身及「有兩個漂亮女兒」，他只知道第三個擁有傲人財富及家世，第四個是第三個的兄弟。編年史作者繼續報導這些人如何脫掉所有外衣只餘內襯衣，繩索圈在頸上，手握城堡各門鑰匙陸續出城，以及如何到國王軍營，國王如何虐待他們，過程中，劊子手就站在他們身旁。就當此時，由於皇后要求，國王饒了他們一命，「他聽從了妻子，」傅華薩寫道：「因她已懷胎滿月待產。」編年史就此戛然而止。

　　對羅丹而言這些材料已經足夠，因為他馬上感到了故事

徵兆已經發生，在時空獨立之處，有一些簡單卻又偉大的東西就在其中。他把所有注意力都集中在離別那一剎那，看到男人起步，感到他們每個人的脈搏都在過往的一生上重新跳動起來，他感知到站立的每個人都準備好把生命奉獻給這座老城，六個人在他面前站起來，每人都不一樣，只有那兩兄弟在眾人之間可能有些相似，但每個人都決心將生命的最後一刻活在自己的選擇中，用靈魂去慶祝那一刻，用生命的肉體去抵受苦楚。於是羅丹從這些人的身軀中看到一個個升起的姿勢，棄世的、訣別的、聽天由命的姿勢，他把這些姿勢聚攏起來，給予軀體，接著又以自己的睿智和知識將軀體聚集起來，且從紀憶中挖掘出千百個要求獻身的英雄形象，再把這千百個英雄凝聚成六個形象，以軒昂身體呈現他們偉大的決心，以赤裸顫抖的身軀表現出他們的意志與尊嚴。

他創造關節鬆垮雙臂下垂、步履蹣跚的老人，給他一種老者疲憊的踱步和疲倦表情，從臉上流淌入鬍子。

他創造出拿著鑰匙的人，本是可以活得很長久的人，生命卻被壓縮到無法接受的最後一刻，嘴脣緊貼，手掌緊咬著鑰匙，他的力氣有火，燃燒在他倔強挑釁的姿態。

他創造出雙手捧著低頭好讓自己安靜下來的人，以便再次獨自面對自己。

他創造出兩兄弟，其中一個往後不捨回顧，另一個則用

一種決絕屈服的低頭動作，好像已把自己送向給劊子手。

　　他創造出像古斯塔夫‧格夫雷（Gustave Geffroy）稱為「過客」（Le Passant）一副茫然姿態的人，這人向前移動，卻再次回望，不是回望城市、哭泣的人、同行的人；他是回望自己，舉起右手，彎曲，搖擺，張開雙手向空中像要放出什麼，像放走一隻鳥，這手勢象徵著一切未確定的都要終結了：尚未享受的幸福終結、虛待無望的終結，也許可以碰到住在某處的人，明天或後天一切可能的終結，或是他自己以為很遙遠的死亡，會有很長的時間後才溫柔來到的終結。

　　這個雕像若是放在一個陰暗古老花園，將會是代表所有夭折青年的紀念碑。

The most supreme instance of Rodin's power of exalting a past event to the height of the imperishable, whenever historical subjects or forms demand to live again in his art, is found perhaps in "The Citizens of Calais." The suggestion for this group was taken from a few passages in the chronicles of Froissart that tell the story of the City of Calais at the time it was besieged by the English king, Edward the Third. The king, not willing to withdraw from the city, then on the verge of starvation, ultimately consents to release it if six of its most noble citizens deliver themselves into the hands "that he may do with them according to his will." He demands that they leave the city bare-headed, clad only in their shirts, with a rope about their necks and the keys of the city and of the citadel in their hands. The chronicler describes the scene in the city. He relates how the burgomaster, Messire Jean de Vienne, orders the bells to be rung and the citizens to assemble in the market place. They hear the final message and wait in expectation and in silence. Then heroes rise among them, the chosen ones, who feel the call to die. The wailing and weeping of the multitude rises from the words of the chronicler, who seems to be touched for the moment and to write with a trembling pen. But he composes himself once more and mentions four of the heroes by name; two of the names he forgets. He says that one man was the wealthiest citizen of the city and that another possessed authority and wealth and "had two beautiful maidens for daughters"; of the third he only knows that he was rich in possessions and heritage, and of the fourth that he was the brother of the third. He reports that they removed all their clothing save their shirts, that they tied ropes about their necks and thus departed with the keys of the city and of the citadel. He tells how they came to the King's camp and of how harshly the King received them and how the executioner stood beside them when the King, at the request of the Queen, gave them back their lives. "He listened to his wife," says Froissart, "because she was very pregnant." The chronicle does not continue further.

For Rodin this was sufficient material. He felt immediately that there was a moment in this story when something portentous took place, something independent of time and place, something simple, something great. He concentrated all his attention upon the moment of the departure. He saw how the men started on their way, he felt how through each one of them pulsated once more his entire past life, he realized how each one stood there prepared to give that life for the sake of the old city. Six men rose before him, of whom no two were alike, only two brothers were among them between whom there was, possibly, a certain similarity. But each of them had resolved to live his last hour in his own way, to celebrate it with his soul and to suffer for it with his body, which clung to life. Rodin then no longer saw the forms of these men. Gestures rose before him, gestures of renunciation, of farewell, of resignation. Gestures over gestures. He gathered them together and gave them form. They thronged about him out of the fullness of his knowledge, a hundred heroes rose in his memory and demanded to be sacrificed. And he concentrated this hundred into six. He modeled them each by himself in heroic size to represent the greatness of their resolution, modeled them nude in the appeal of their shivering bodies.

He created the old man with loose-jointed hanging arms and heavy dragging step, and gave him the worn-out walk of old men and an expression of weariness that flows over his face into the beard.

He created the man that carries the key, the man who would have lived for many years to come, but whose life is condensed into this sudden last hour which he can hardly bear. His lips are tightly pressed together, his hands bite into the key. There is fire in his strength and it burns in his defiant bearing.

He created the man who holds his bent head with both hands to compose himself, to be once more alone.

He created the two brothers, one of whom looks backward while the other bends his head with a movement of resolution and submission as though he offered it to the executioner.

He created the man with the vague gesture whom Gustave Geffroy has called "Le Passant". This man moves forward, but he turns back once more, not to the city, not to those who are weeping, and not to those who go with him: he turns back to himself. His right arm is raised, bent, vacillating. His hands open in the air as though to let something go, as one gives freedom to a bird. This gesture is symbolic of a departure from all uncertainty, from a happiness that has not yet been, from a grief that will now wait in vain, from men who live somewhere and whom he might have met some time, from all possibilities of to-morrow and the day after to-morrow; and from Death which he had thought far distant, that he had imagined would come mildly and softly and at the end of a long, long time.

This figure, if placed by itself in a dim, old garden, would be a monument for all who have died young.

里爾克第五封信

1903 年 10 月 29 日，羅馬

親愛的先生：

　　我在翡冷翠收到你 8 月 29 號來信，兩個月後的現在才回應，希望你能諒解這延覆，我不喜歡在旅行寫信，因為寫信需要的，不僅是基本簡單書信用具，還需要一些孤獨寂靜，一點全屬自己的時刻。

　　我們約在六星期前抵達羅馬，那時的羅馬仍被一片酷熱、空虛，且惡劣的疫情籠罩，糟糕的現實條件下，又有居住環境問題要處理，遂被無窮忙碌與身處異鄉的無家感壓迫圍困。又因對羅馬不熟，剛開始時甚至被博物館所散發出死氣沉沉的陰鬱壓垮：那些被搬出賣力展覽的文物，明明已喪失氣韻，只勉強保留著一些過往歷史（僅和現在有一小點的關連），卻被一些學者、文獻專家與冒充內行的義大利遊客們過分的加持與吹捧。然而這些破碎變形的物品，不過是某時代及其生活意外殘留之物，早已和我們失去關聯，不屬於我們，也不應該屬於我們。直到數星期的掙扎抵抗，我們才在混亂中找回自己，然後對自己說，不，這裡的美，並不比其他地方多，這些被過分崇拜的文物，都已經過工匠修補，沒甚意義，也沒意思，沒有熱情，沒有價值——但這裡確有不少可瀏覽之處，正如到處皆存美景，例如有無限生命力的活水不斷從

古老下水道奔入大城，它們在無數廣場白色大理石承盤舞誦，又分流入寬敞水池，白天低吟，夜晚高唱入寬敞滿天星光，微風輕拂。這裡還有許多公園，無法忘懷的街道，一排排梯階，米開朗基羅設計的梯階如流水般寬闊滑落，一級接一級波浪般產生新的層次。這些印象可讓人澡雪精神，從虛假滔滔不絕的眾口悠悠（真是囉唆！）找回自己，慢慢學會去認知一些永恆愛戀的希有事物，一些共享的孤獨。

目前我仍住城內「首都山」地區，距離羅馬藝術傳承下來無比優美的馬庫斯‧奧列里烏斯（Marcus Aurelius）騎馬銅像不遠，但幾星期後就會搬到一間簡單安靜房間，那是隱在園林深處，可以讓我躲避城市喧鬧與無聊人際應酬，一座有平台屋頂的老舊避暑別墅。我將在那裡居住整個冬天，希望可以享受到生命的巨大寧靜，過上快樂用功的生活。在那裡安定下來後，會給你寫較長的信，及多回應一點你上次的信，今天僅能告訴你（也許應及早告知你），你在信內提到的那本包括有你著作的書，一直沒有收到。它是否已經被退回華斯韋德了？（國際郵件不轉寄往其他國家），當然退回是最好安排，希望能告訴我最後結果，但願不會遺失──因為這在義大利郵政系統是有可能發生的，但若如此就可惜了。我會很高興收到這本書（一如喜歡收到你所寫的任何東西），還有你最近的詩作（假如你願意寄給我），我將盡我所能，全心全意地閱讀並體驗它們。

祝安好，並候

萊納‧瑪利亞‧里爾克

☆ 評析：

1. 羅馬石棺群與下水道

　　完成出版他研寫的《羅丹傳》計畫後，1903 年七月里爾克和妻子卡拉娜從家鄉遷往羅馬，雖然對於酷熱天氣及流感等生活起居的適應不良，但他仍對整體希臘羅馬（Greco-Roman）古典藝術的崇拜嚮往，嘖有煩言於博物館對文物處理不當，「那些被搬出賣力展覽的文物，明明已喪失氣韻，只勉強保留著一些過往歷史（僅和現在有一小點的關連），卻被一些學者、文獻專家與冒充內行的義大利遊客們過分的加持與吹捧。然而這些破碎變形的物品，不過是某時代及其生活意外殘留之物，早已和我們失去關聯，不屬於我們，也不應該屬於我們。」反映出里爾克生前不聞於世的潛在憤懣，轉而對學者批評家產生厭惡心態，至於那些「冒充內行的一般遊客」大概就可引申為當年的一般讀者吧。大家想必不會忘記里爾克在第三封信內對暢銷詩人理察‧德梅爾（Richard Dehmel）的批判：「他的書對我有影響（和他也算是泛泛之交），屬於那種讀到他美麗的某一頁時，就會害怕下一頁前來傾覆一切，讓動人之處變成一無是處。」里爾克深受大師羅丹人體雕刻觀念陶冶，對古希臘羅馬雕塑自有豐富獨特的藝術觀。希臘藝術特點雖重視寫實，但加上神話的「人神共性」觀念，讓古希臘藝術對人體塑造充滿無限想像，按照真

實人體來雕刻出神話眾神，並多以裸體風格呈現，成為一種藝術美的凝視。

　揉合古典與現代的景色才是里爾克的最愛，「如有充滿無限生命力的活水不斷從古老下水道奔入大城，它們在無數廣場白色大理石承盤舞誦，又分流入寬敞水池，白天低吟，夜晚高唱入寬敞滿天星光，微風輕拂。」古老下水道是指羅馬的石棺群（sacrophagi），據原來希臘文字，sacro 有肉身之意，phagus 指吞噬，石棺（sacrophagus）就是吞食肉身的石棺槨。羅馬人後來把這些石棺群與水源連接起來，成為下水道（aquaduct），提供用水，有時長達十多英里，至今仍在。里爾克《給奧菲厄斯十四行》上卷第 10 首及下卷第 25 首均是描述這些下水道，第 10 首開始兩段這樣寫：

　　你們未曾離開過我
　　我向你們致意，古老石棺群
　　鑿開的泉水，自古羅馬時代
　　歡欣流過，像飄泊的歌。

　　或是其他盛開的
　　像牧童醒來快樂張眼
　　一切靜止在紅蓼麻花
　　狂蝶歡樂飛舞。

活水流過死人墓，充滿活力和希望，像一首歡樂飄泊的歌，或是牧童午睡醒來，懶洋洋張開的眼睛。一切自沉默中豁然開朗，世間重新有了聲音和語言。下卷第 15 首也這樣說：

噴泉，慷慨常滿的嘴
有恆說出單一的純淨
水流滿臉在大理石
面具上，背景是

下水道慢慢流淌，從遠處
墳墓，阿平寧的山坡地
帶來給你所有音符，從黝黑
蒼老下顎流下

直落躺在下面的承盤
那是親切常打瞌睡的
大理石耳朵，你常訴說

給這隻大地之耳，只有單獨一起
她才會這麼對話，假若有水壺
插入，她便覺得你打斷話題。

重複著第一卷第 10 首的石棺群，里爾克曾有詩〈羅馬石棺〉（Romische Sarkophage）描述「無盡充滿生氣的活水越過古老下水道進入這城市。」阿平寧山脈（Appenines）是阿爾卑斯山的支脈，由法國東南部延伸而來，縱貫於義大利半島，盛產大理石。里爾克對羅馬白色大理石噴泉有偏愛，他把噴泉的頭像人格化，噴泉的水從頭像嘴巴流出來，就像一張會說話的嘴：

　　帶來給你所有音符，從黝黑
　　蒼老下顎流下
　　直落躺在下面的承盤

　　滔滔不絕訴說流淌給自然大地的耳朵，但如有人拿水壺前來取水，「人」的行為便截斷了「自然」流淌，大地之耳便沒法聆聽，並會抱怨「覺得你打斷話題」。

2. 首都山的騎馬像

　　羅馬皇帝馬庫斯・奧列里烏斯（Marcus Aurelius, 121-180）是羅馬帝國最偉大皇帝之一，同時也是著名斯多葛派哲學家，以希臘文寫成斯多葛哲學著作《沉思錄》。他的騎馬像是一件古羅馬青銅雕像，立於卡比托蘭山（Capitoline

Hill），即是里爾克於 1903 年信內提到首都山的騎馬像，原像於 1982 年拆下以便保護，轉移在卡比托利歐廣場（Palazzo dei Conservatori）內的卡比托蘭博物館（Capitoline Museums）內展出，原址重立一座銅馬複製品。

3. 老舊避暑別墅

「幾星期後就會搬到一間簡單安靜房間，那是隱在園林深處，可以讓我躲避城市喧鬧與無聊人際應酬，一座有平台屋頂的老舊避暑別墅。我將在那裡居住整個冬天，希望可以享受到生命的巨大寧靜，過上快樂用功的生活。」所謂避暑別墅（summer house），是指建築在羅馬園林深處用作夏天避暑的宅院，屋頂扁平（flat roofed），可作涼亭休憩遠眺之用，里爾克只是租用裡面一個房間，有落地大窗。

4. 卡卜斯第五封回信，寄自波佐尼（Pozsony），匈牙利，1903/11/28

卡卜斯首先向里爾克道謝於一個多月前從羅馬寄來，又從維也納轉來匈牙利的信，帶給他的軍旅生涯不少安靜寧和，同時又因被調往一組兵團的特種部隊，那是另一套新的職責，瑣碎無理，又不得不服從，打破他從前對軍旅的期望與幻想。

他準備寫一個劇本，主角是個軍官，關於他在部隊的階

位、觀點與目標、微弱的掙扎與巨大的挫折和失望，當然這些都來自他本人經驗。一旦寫成後將會私下複印數十本，分寄所有能接受演出的德國劇場，希望會有人能聽到、感到，重活在他龐大的痛苦經驗。

但卡卜斯最感痛苦的是一種靈魂的孤絕，一種「沒有上帝」的被棄感，像從前拋棄掉母親贈送給他珍貴的上帝洋娃娃，現在有如腳陷流沙，不知該向誰禱告。那種面臨死亡感覺像兩年半前想自戕了結，剛好又拿出那些當年訣別信來讀，不禁失笑於生命與理想相隔有如鴻溝，信內上帝的字眼不斷一再出現，今天又重讀那個當時尚未成熟的十八歲青年生命疲憊告白，讓他深深感到無法言傳的悲哀。

他提到花了很多時間閱讀里爾克撰寫華斯韋德（Worpswede）地區畫家歷史的書，就像閱讀《羅丹傳》一樣，感覺是內行人說內行話，精粹呈現生命及其規律，如童話那樣找尋到美。

里爾克第六封信

1903 年 12 月 23 日，羅馬

親愛的卡卜斯先生：

　　際此聖誕節期間，我絕不會不給你祝賀，在這慶典假日，你的寂寞將比平時更顯沉重，但你反而要因認知這寂寞的廣大而高興，試問你自己，哪有寂寞不龐大的呢？其實因無法忍受這龐大的寂寞，大家都會動念將它轉移到瑣碎無聊的社交互動中，和一些根本不適合交往的人交往，以獲取片刻的和諧假象……卻不知道也許正在此時，寂寞準確成長，像男孩發育的痛苦，像春天肇始的悲傷。不要讓它騙到你，其實我們需要的，不過是一種走向自我內在的龐大孤獨，一種可以長期獨處不遇一人的孤獨──這就是我們需要臻達的，像小孩童年般的孤單：不知道大人為何似乎都在幹著無比重要的活，總是忙得團團轉，而我們對他們在做什麼卻一無所知。

　　有一天當我們知悉他們的工作是貧乏瑣碎的，所做的事像全與生命無關的化石，為何不可再像小孩從世界深處去看他們，像凝望一些古怪異物，或是從龐大孤獨看去，因為孤獨「本身」就是我們去作值得做的工作的召喚！為何我們要把小孩聰穎的不解，換成厭惡與輕蔑？因為「不解」才能獲得孤獨空間，而厭惡輕蔑卻正好把我們和必需的孤獨空間隔絕了。

親愛的先生，想想你內心世界吧，隨便你稱呼它為思維或什麼——憶念童年，期待將來……只要注意什麼從你心內升起，把它放在觀察身邊眾物之上，只有內心最深處的動靜才值得你全心全意地去愛。無論如何一定要想辦法著手去做，不要浪費太多時間和精力去澄清（解釋你）對別人的態度，況且你又怎知你有個態度？我知道你的事業生涯很困難，眾事紛紜，事與願違，我早已看出你的苦惱，現在就發生了，而我也不能帶給你安寧，只能勸說眾行業皆如此，充滿苛求，充滿個別敵意，皆是人從單調職務中長期忍氣吞聲下來累積的怨恨。你現所處職位的生存環境，並沒有比其他被習俗、偏見、出錯所迫壓的人更嚴重，儘管有些職位看來能提供更大自由，實際上也沒有可以從個人孤獨的自然律，連接現實生命偉大事物的寬闊。當那個孤獨的人走向破曉的早晨，或是遠眺暮色千變萬化，假如他能感受這一切，即使生涯日正當中，所有塵世的階級地位皆會脫落，像死者脫離塵世，無牽無掛。卡卜斯先生，你現在去當尉官的經驗，和經歷其他任何崇高專業差不多一樣，是的，即使沒有任何職位，只要小小輕微的社會接觸，你也難逃這樣的束縛感受。

　　不管走到哪經歷哪些事物，它的本質都是一樣的，不用懼怕或不快，假如你在別人那裡得不到共鳴，那就試與不會棄你於一旁的事物相處吧：依然有良夜，輕風拂過林木，越過許多土地。在事物和野獸的變化多端中，有很多東西你可

以共享，還有孩童，依然像是你從前歷過的童年一樣，既憂愁，又開心——而當你回想從前的童年，你就重新回到這些孤單的孩童中間了，成人什麼也不是，他們的尊嚴不值一文錢。

假如你懼怕去追憶童年中的純真與安靜，你已經不再相信上帝了，儘管祂依然無所不在。那麼就問一下自己，親愛的卡卜斯先生，你真的失去了上帝嗎？或是從來就未曾經歷過祂？什麼時候曾經經歷過祂？什麼是神？真的相信一個小孩可以輕鬆擁有祂？成人則要費力去負擔祂？老人則被祂的力量壓垮？你是否相信人有了祂之後，又會將祂像海灘一顆鵝卵石般遺失？——或是人有祂後只會被祂拋棄？但一旦發覺祂不曾存在你的童年，也未曾存在過從前的日子，當你開始懷疑基督被祂自己的渴望迷惑，穆罕默德被自己的驕傲出賣，當你感到一陣恐怖來襲，即使是我們談起祂的現在這一刻，如果你認為祂從未存在過，就像所有不曾存在過的或已經不會再來的事物，那你又為何尋找祂像是在像找一件遺失的東西？

為何不這樣想，祂從永恆誕生，是將來來到這裡的，是一棵樹上的最終果實，而我們不過是樹上的葉子。是誰阻撓你，不讓你從將來會轉變的時代看到祂誕生的意義？是誰不讓你好好度過一生，像活在偉大孕期中所感受到的既痛苦又

快樂的一日？難道你沒看到一切發生的事總有一個開始，那不就是神的開始嗎？開始從來都是那麼美好。假如祂全能至善，所有事物在祂面前一定比祂渺小，這樣才能讓祂施展作為，讓功德圓滿。祂難道不是將一切萬物涵蓋的最後根源？如果我們所期望並曾存在過的祂已成過去，我們生命又有何意義？

就像蜜蜂釀蜜，我們從萬物收集最甜蜜的資料來營建神，我們從最瑣碎不顯眼的事物開始（只要出自愛心），在工作與稍後休憩裡，在沉默或微小孤獨的喜悅裡，一切都單獨進行，沒有助手及參與者，我們並不能看到祂，正如我們的祖先也看不到我們一樣，但即使他們早已逝世，但卻遺傳在我們的生命，成為左右我們命運的傾向，像身體奔流血液，一種從時間深處躍起的姿態。

難道真有事物可以剝奪你許願：有一天能活在最久遠最終極的祂裡面？

親愛的卡卜斯先生，在虔誠地慶祝聖誕的情感中，去感覺神也許正要從你生命的恐懼開始動工，這些過渡日子也許正是要讓你努力去靠近祂，就像童年的你曾經竭力走向祂，要忍耐，心甘情願，記住我們最限度能做到的，就是不要讓祂的降臨比大地期待春天的來臨更困難。

祝愉快並具信心。

你的里爾克

☆評析：

1. 卡卜斯第六封回信（1904 年 2 月 29 日）波佐尼，匈牙利，多瑙街 38（Donaugasse 38）

　　我們不要忘記兩人開始通訊時，卡卜斯 19 歲，里爾克 27 歲，彼此相差僅 8 歲，卡卜斯初開鴻蒙，像學生向老師不斷請教，睿智的里爾克給予解答，可見其對人生高超感悟及獨特見解。

　　卡卜斯首先感謝里爾克來信帶來給他無窮勇氣、歡樂與力量，尤其信內的孤獨意識乃是單獨與他及少數人分享，更倍感榮幸，至於被世俗重壓下愚昧寫的上封信，更顯得像披在他身上的一襲衣服，要無沾汙走過名叫社會的人群。但現在不同了，他將會等著每天來臨的重擔，把它們視為生命更多增值，總有一天外在環境不能傷害他，給現在每天咀咒又不能逃避的日子帶來幸福。

　　他開始明白其他人是怎樣浪費最美好時光在虛無事物，像螞蟻黏在地上盲目不知在世間每天損失多少日子，直到臨終才真相大白，卻再無時間去改善及認識自己。

　　但說真的，他承認仍難以忍受那種寂寞孤單，因是一種形成過程而不是結果，覺得自己的孤獨不夠深刻真誠，一直

有去逃避的欲望，想要出外尋找一種愛來彌補這偉大空虛，
結果就得到下面這首十四行詩：

　　沒有任何怨言，連歎息也沒有
　　一種深沉黑暗悲哀讓我生命顫抖。
　　夢中純淨如雪花綻放
　　是我靜寂日子的聖寵。

　　但我經常碰到巨大疑惑
　　在它面前感覺渺小，冷漠走過
　　像走在那些大湖岸邊小徑
　　不敢去測量水深幾許。

　　悲傷沉落心底，陰鬱
　　有如夏夜無光的灰暗
　　偶而，孤星閃爍穿過。

　　我的手到處摸索找愛，
　　渴望祈求能找到那些聲音
　　在我灼熱口中從未找到……

　　隨著這首十四行詩，卡卜斯提出以下問題：

他問，假如碰到旋風般無法估量可以改變一切的愛，孤獨會怎麼樣？或是只要與對方分享共同感受到的孤獨？所謂「彼此相愛」是否指具有孤獨能力的兩個個體，在孤獨與孤獨的相互映照下，所感受到的充分快樂及全然安全感？

最後他說，他從未愛過夢中少女或婦人，也未有過全心全意，沒有遠距猜疑，沒有任何辛酸不滿的感情。也許他太年輕了，只曾經在孩童時認識過一個想去獵取的女人，但已是很久以前的事，如夢一場。

2. 里爾克談孤獨

寂寞（loneliness）與孤獨（solitude）不一樣，寂寞是客觀環境提供的條件，沒有選擇，是個人被動的接受感受。孤獨是主觀意識下的一種主動選擇，具有自我信心——長期下來沒碰見一個人，可稱之為「龐大的內在孤獨」。

寂寞常帶來否定的無奈空虛，而孤獨卻因主動選擇帶來安全充實，具有更大內涵，甚至可以包容寂寞。為了排除寂寞空虛，許多人常作出讓步去填補，譬如在社交去找一些代替者，殊不知逞一時之快，反而帶來痛苦委屈求全，滋生更大的寂寞——「像男孩痛苦的發育，春天肇始的悲傷」。

龐大的孤獨就像小孩童年的孤單，他們的不解（not

knowing）常被人嘲笑，而成年人忙來忙去做著看似無比重要的事，其實許多的工作卑微可悲，里爾克並非妄自菲薄他們，而是這些人「所做的事像與生命無關的化石」，慢慢在世間進化成「活化石」，直到一天死亡把生命終結，成為化石。為了尋求生命意義，我們不得不離群孤獨，而這孤獨「本身」就是我們「被召喚去做值得的工作」，當那個孤獨的人走向破曉的早晨，或是遠眺暮色千變萬化，以塵世時間去測量生命的流逝，假如能感受這一切，「即使生涯日正當中，所有塵世的階級地位皆會脫落，像死者脫離塵世，無牽無掛。」

那麼什麼才是被召喚去做值得的工作？所謂召喚（summon，call）乃是上帝交托給世人的任務，像聖子下凡，耶穌的任務就是以聖血和肉，與世人建立新的盟誓，從原罪中解脫得救。在聖誕慶典裡，我們是否應去想一下——「是誰不讓你好好度過一生，像活在偉大孕期中所感受到的既痛苦又快樂的一日？難道你沒看到一切發生的事總有一個開始，那不就是神的開始嗎？開始從來都是那麼美好。假如祂全能至善，所有事物在祂面前一定比祂渺小，這樣才能讓祂施展作為，讓功德圓滿」。

世人的工作就是在宇宙萬物尋找生命的奧祕，但是「假如你在別人那裡得不到共鳴，那就試與不會棄你於一旁的事物相處吧：「依然有良夜，輕風拂過林木，越過許多土地。

在「事物和野獸的變化多端中，有很多東西你可以共享，還有孩童，依然像是你從前歷過的童年一樣，既憂愁，又開心——而當你回想從前的童年，你就重新回到這些孤單的孩童中間了，成人什麼也不是，他們的尊嚴不值一文錢。」

　　還有，「在虔誠地慶祝聖誕的情感中，去感覺神也許正要從你生命的恐懼開始動工，這些過渡日子也許正是要讓你努力去靠近祂。」

里爾克第七封信

1904 年 5 月 14 日，羅馬

親愛的卡卜斯先生：

收到你的上封信已好一陣了，請不要見怪，首先是因為工作，跟著是工作時做時停，最後是健康狀況欠佳，不斷阻撓我在需要的安靜時刻給你回信。現已開始稍感康復，初春氣候的變化莫測也讓人適應不良，親愛的卡卜斯先生，我問候你，盡我所知全心全意地回答你來信的各種問題。

你看，我抄錄了你的十四行，因為覺得它簡潔可愛，書寫高雅，是我讀到你作品中最好的一首，現在就把抄稿附回給你，因我知道看到自己作品再次被另一隻陌生的手抄寫下來，那種嶄新重要的感覺——讀著自己的詩句像是別人寫的一樣，但也深感到那些句子畢竟是自己的。

很高興閱讀這首十四行及你的經常來信，這兩者皆要謝謝你。

關於你的孤獨，千萬不要想著從混亂徬徨中逃開來。假如你能像運用一件工具般的冷靜運用它，則這獨特願望將會幫助你的孤獨擴展到龐大空間。可是大部分人往往藉著因襲的方法，把一切用最容易的方法解決，但我們很清楚知道一定要從困難著手——所有生命皆如此，自然萬物會不惜代價

去抵抗所有橫逆，以讓自己按照自己的方法成長、保護，直到自然而然發展成為自己。雖然我們所知不多也不確定，但我們必須選擇困難，卻是一個確切的信念。孤獨是好的，因為它的困難；但也因為它的困難，將讓我們更有理由為它工作。

　　去愛，也是好的──因為愛很困難，一個人去愛另一個人，可能是我們被要求去做最困難的事，是像終極任務一般的最後考驗與證明，其他工作不過都是為此而做的準備。未諳世事的年輕人還未能去愛，他們必須學習，用全部精力，全部力氣去從孤單、驚惶、向上激盪的心去學習，一定要學會怎樣愛。愛一般來得漫長孤絕，長久深入對方生命去愛──那就是孤獨，一種崇高深奧的孤單存在。愛並不只是闡釋為兩人結合，獻身給對方，與對方合成一體，那又怎樣解釋呢？如果是一種不具備愛的能力，也無所關心的結合，那又如何？不還是屬於次等的結合？它應該有使人成為成熟理想的人的動力，在自身內去完成一個世界──是為了另一個人而完成的自我世界。那是一個偉大強悍的要求，選擇某人並召喚出來去做廣義的事，惟有如此要求，才能讓年青人把愛當成一個課題去日夜錘煉。至於獻身、迎合，或隨意發散似的結合，都不是應該做的事，他們還要長時期去學習凝聚專注──這才是最後一步，但這個終極狀況對一般人也不容易臻達。

年輕人經常就是這樣鑄成大錯：他們一旦墮入情網，就奮不顧身投入，天性缺乏忍耐，生命任意消耗，乃至混亂得一塌糊塗……然後怎樣？這種支離破碎的結合是怎樣的愛情？可以稱之為幸福嗎？還有美好的未來嗎？不過是一個人先失去自己，然後失掉另一個人，接著再失掉所有其他等待幸福的人，心中那個可以被愛打開的廣闊天地之可能，有的只是把一些輕微起伏能夠預感的事物，改換成一堆完全沒有建設的混亂，其實什麼也沒有；除了一點厭惡、幻滅、困惑，於是他們便逃往許多大量的因襲中尋求補救，像高度危險公路旁那些躲避風雨的公共場所。人類生活中，處處可以看到與愛的因襲有關的附會——如由社會系統產生出來各種逃生設備，像救生圈、救生艇、浮筏等等。但愛情生活如果變成一種娛樂，我們將會讓它輕率地變成一種方便、廉價、保證安全的生活，它將成為和一切公眾娛樂無異之物。

　　有許多年輕人隨便付出，也喪失孤獨的能力——當然很多人都是如此，當他們嘗到犯錯的壓力，就想用個人方法去改變已經淪落的生活，想使它們重新恢復活力。他們從天性得知，愛牽涉到倆人之間的親密關係，不能以因襲框架回應，而是需要每個人在各種情況下，以全新的自我體驗回答。但他們早已糾纏在一起，失掉彼此的界限和差異，早已各自一無所有，又怎麼能真正從自己內在深處的孤獨，找到一條獨一無二的路？

因為常常逃避自我，他們的行動根本是一種沒有力量的共享，即使他們竭力逃避發生在他們身上的習俗（例如結婚），也還是陷入在一些比較低調，但同樣致命的習套方案中——在這情況下習俗有如天羅地網，他們陷在拖泥帶水早熟的結合，每一步皆是習俗。從這混亂產生出來的關係，另一種普遍說法就是不道德，同樣具有它本身的習俗，即使「離異」也脫不開習俗的窠臼，那也只是一種隨便沒有人情味的決定，軟弱無聊。

　　無論誰去嚴肅考慮「愛」這問題，都得承認沒有一種解釋、答案、提示，或途徑去有效處理愛的難題，就像同樣難以處理「死」的難題一樣，因為沒有共同的規律方法可以解答愛與死的答案，所以就把問題繼續包裹起來不再打開。但在我們個人的生活範圍內，我們可以練習去和那些越來越接近我們的重要事物遭遇：究竟要如何活著？愛情對我們的要求比既有的生命還大，對於那些有限經歷的人，其實還無法勝任，但假如我們不顧一切堅持下去，把愛情視為學徒所必須學習的重擔，不在那些輕浮玩世遊戲中躲藏，而是去面對生命最真摯的存在，沒有迷失——那樣將來的後繼者也許會因為這些少許的進步而能稍感輕鬆，這對我們就是很大的意義了。

　　我們僅是開始客觀沒帶偏見去正視一個人與另一個人的

關係，也無任何模範可以追隨，即使如此，在時代變化中已經有許多事物，可以對我們的嘗試發揮助益了。

少女及婦人在她們自己生命的特殊發展中，某一階段會去模仿男性的生活，追隨男性號召，幹男人幹的活，但這些繁複（經常是荒謬）偽裝不過是女人們經歷的一段過渡期，過渡期後，她們會繼續往前走，把自己的天性從男性的扭曲影響中洗淨。因為女人在生命裡的徘徊，以及她們曾經歷的一切，包含無數痛苦與羞辱，她們獲得了更直接、更豐盛、更有信心的人性，比起輕便的男人，她們的生命會更顯得更成熟，因為那些男人從來就不被任何身上的果實重量扯落到生命底層，他們專橫自大、行事草率、鄙視認為可愛的事物，因此一旦外在的地位改變，當女人不再被視為「不過是一個女人吧了」，終有一天會出人頭地重見光明，而今日那些視而不見的男人將會困惑，支離破碎。終有一天（特別是北歐國家已經疾呼證明）將會有一個少女，一個婦人，她們名字再也不僅表示是男性的對立體，而是一個獨立完整個體，活生生地，不需補充，不用尋找配搭──她就是一個女性的「人」，一種真實完足的存在。

這個進步將會不斷把現今錯誤的愛情徹底轉型（雖然違反了落伍男人的落伍意願），那將是經驗的重整，成為人與人之間的關係，再不是男人對女人的關係。這樣「更多」人

性的愛，將會很好地同時顯現相合相溶與個體獨立的兩面，
慈愛且明朗。恰似我們努力為愛所做的努力，那是兩個孤獨
個體之間的互相倚仗、保護及敬重。

　　尚有一事，不要把你過去童年那宗偉大的愛丟失，你又
怎知那些美好偉大的願望沒有讓你更成熟，且直到現在還在
你身上發揮影響力，使你渴望獲得真正偉大的愛？我相信這
份愛一直強而有力存在記憶裡，因這是第一次深刻的單獨體
驗，生命中首次內心的工作。

　　祝福一切安好，親愛的卡卜斯先生。

萊納‧瑪利亞‧里爾克

☆評析：

1. 里爾克談愛

　　卡卜斯在第六封信的十四行情詩並不怎樣，看來亦難以發表，里爾克基於愛才與鼓勵，重新手抄了一份送給他，表示重視，也像發表的感覺，果然生效，讓卡卜斯在回信中又寄了另一首「情欲」給里爾克評賞。

　　其實里爾克信內要強調的是「愛」的真諦，本來應該在第四封信談「性」之前便要提出的，但在整體寫給年青詩人的十封信裡，都是里爾克回答卡卜斯的問題，所以在次序方面沒有太多邏輯排列。第七封信裡首先解釋「孤單」與「孤獨」的必要，「關於你的孤獨，千萬不要想著從混亂徬徨中逃開來。假如你能像運用一件工具般的冷靜運用它，則這獨特願望將會幫助你的孤獨擴展到龐大空間。……但我們很清楚知道一定要從困難著手——所有生命皆如此，自然萬物會不惜代價去抵抗所有橫逆，以讓自己按照自己的方法成長、保護，直到自然而然發展成為自己。雖然我們所知不多也不確定，但我們必須選擇困難，卻是一個確切的信念。孤獨是好的，因為它的困難；但也因為它的困難，將讓我們更有理由為它工作。」所以詩人必須在困難逆境成長，把孤獨擴展到龐大空間，同樣，孤單也很寂寞很難，但很難的事就是要做的事。

同樣，「去愛，也是好的——因為愛很困難，一個人去愛另一個人，可能是我們被要求去做最困難的事，是像終極任務一般的最後考驗與證明，其他工作不過都是為此而做的準備。」愛是一種恆久的忍耐與認知，寬容與宥諒，並不只是兩人結合就是愛，而是一種在孤單寂寞裡個人的真情堅持，它「一般來得漫長孤絕，長久深入對方生命去愛——那就是孤獨，一種崇高深奧的孤單存在。」

　　但是年輕人不懂得愛，愛的真諦，就像認識和愛一個人不是在興高采烈濃情蜜意中，而是在時間沉潛裡，無數事件發生與反應，去認知對方的正義良知與關懷，不是像里爾克提到的社會簡單逃避方法，逃向傳統，因為「人類生活中，處處可以看到與愛的因襲有關的附會——如由社會系統產生出來各種逃生設備，像救生圈、救生艇、浮筏等等。但愛情生活如果變成一種娛樂，我們將會讓它輕率地變成一種方便、廉價，保證安全的生活，它將成為和一切公眾娛樂無異之物。」包括離異。

2. 卡卜斯第七封回信（1904 年 7 月 14 日），波佐尼，匈牙利

　　卡卜斯首先感謝里爾克來信抵達的那天，正是他 21 歲生辰，很多人前來或來函祝賀，但他卻煩厭那些盡是陳腔濫調

的賀詞，直到這陰鬱的一天黃昏，收到里爾克寧靜的祝福來信，喜悅不已，尤其感謝里爾克慷慨重抄他上次寄給里爾克的詩作，覺得終於可以成為里爾克眼中的「某人」而非「誰也不是」，過去數月來陰霾一掃而清。

他坦承向里爾克訴說不快樂的原因有兩方面，一是感到寂寞（loneliness），二是感到不耐煩（restlessness）。他並非排斥寂寞，有時甚至喜歡它，但寂寞的繁複讓他無從了解，隨之而來各種情緒也讓他無法抵擋，感到脆弱，帶來憂鬱，甚至想要死。記得有天在維也納想去看一個十分傾心的 17 歲女孩，雖然明知某種原因那是不可能的事，多少早已有所接受，然而這天在市中心的喧鬧裡，忽然一陣憂傷侵襲讓他終生難忘，於是折回住所像小孩那樣大哭一場。今天情緒已平復，但是看到昨天對著桌上那小銅鐘失望痛哭時，一切感覺又重新回來，也許真的是一種病態了。

另外干擾卡卜斯的就是不耐煩，那是一種經常被搜尋，緊追不放的情緒，但又不知如何是好，整日懊惱不安。所有事物看來都值得追求，一旦獲取在手，卻又升起不耐煩情緒，便隨手拋棄一旁像丟棄的洋娃娃，重新去搜尋新的刺激，真的只有上帝知道怎樣才能了結這沒完沒了的心態。

跟著他感謝里爾克對愛的闡釋，坦承告訴里爾克，近日追求的愛有點像野獸，瘋狂猴急亢奮，趕快去完成一切，讓

愛從高潮進入另一個高潮，也許就是老生常談的「去麻木自己」或是「去尋找遺忘」，差點就遺失自己。再加上童年一些酖毒，把自己困在可怕的變態行為，走不出來。雖然後來利用知識終於擺脫了，但已疲態畢露，終於明白以為做一個勝利者越來越易，其實目的提高後越來越難。

他要求里爾克聆聽下面寫的這首詩：

情欲

情欲召喚童年的我
悄聲在耳邊許下承諾
整個世界光亮升起
以前一直在黑暗沉睡。

狂熱中我的小手握著
炙熱的花，連男人也覺得沉重
看著陌生有距離的友人圍繞著
而我，一個小孩站在過熟的花園。

情欲長期把我拋來拋去
用她放蕩仔細熱吻折磨我；
但現在，我冷靜帶笑把腳

踏在蒼白驕傲詐騙的女人頭上……

　　卡卜斯猜想所有這些情欲折磨皆來自童年早熟的經驗，
也許太早太魯莽把這些經驗推開，寂寞就成為報應。

里爾克第八封信

1904年8月12日，瑞典，波格比卡得莊園（Borgeby Gard），弗拉底（Fladie）

親愛的卡卜斯先生：

想和你再說一些話，即使說出來一無是處，無濟於事。我知道你曾經承受過多次巨大悲傷，即使這些悲傷已經過去了，你還是無法掙脫它的影響。但請再自省一下，這些悲傷真的過去了嗎？當你感覺黯然神傷，是不是因為它們沒有對你產生真正的影響，使你對存在的體驗有所不同？悲傷所以會成為險惡之物，是因為我們把它帶向人群並掩蓋它，就像敷衍治療疾病，當病況暫時收斂，過些時又會來勢洶洶捲土重來。它在你體內堆積，成為被摒棄、毫無生氣、失落迷茫、可以把你殺死的生命。但假若我們能超越常識看這一點，稍稍越過所能猜度的頂端，也許就能擁有比歡樂更大的信心去擔當悲哀，那是無數的片刻，正值有新的陌生事物發生，把我們置入一種沉默凝滯的複雜處境，讓我們產生畏縮侷促的感覺，一切在內心退卻，一動不動，不發一言。這時，無人認識的「新」就站在我們中間，沉默不語。

對我而言，差不多所有悲哀皆是壓力拉緊的片刻，這時的我們會感到麻木，甚至無力在這個時刻去收取信息。這怪物一旦進入我們生活，我們便得和它單獨相處，就好像一切熟悉信賴的事物忽然暫時被挪走了，讓我們處在不知如何是

好的狀態。因為這個進入我們心中，且在我們血液流動的新怪物已經讓我們產生變化，悲哀也自然跟著出現在我們生活，但因為我們不知道它是什麼，便乾脆把它看成什麼也不是。但事實卻是我們被改變了。像一座被訪客進入的房子，我們不能說出是誰來過，也許永遠不會知道，但很多跡象顯示出，在「未來」還沒發生之前，它就以這樣的方式潛入我們生命，並且讓我們的生命產生變異。這就是為何在孤單悲哀來臨時，要多注意它：當那看似簡單冷凝的片刻踏入我們生命，比其他任何猝不及防大搖大擺自外侵入的片刻，將更接近我們的生命，我們越是忍耐、沉默、敞開心胸地面對孤獨悲哀這個新怪物，它就能越深入精準地進入我們生命，成為我們的一部分，人們已經重新思考許多變動的觀念，日後有一天當它能從我們生命走出來，且去影響別人時，我們將在內心深處感到它與我們的關係，它就是為我們注定的「命運」。這是需要的，必需慢慢朝向它前進並發展自己，凡是迎面而來的事，再沒有什麼是陌生怪異的事，因為它們都是我們的一部分。人們已經重新思考許多變動的觀念，進一步認識到所謂命運，是我們生命本有之物，不是一種從外面進入裡面的外來之物。只不過當命運發生時，很多人沒有讓它成為自己的一部分，並在其中自我轉化，也沒有認清楚它究竟是什麼，只是因為它的陌生，便活在徬徨恐慌裡，無法辨認有什麼東西在生命中發生，甚至以為是一種從外面侵入的陌生之物，

指天誓日這不是自己體內的東西。一切就像人們長久以來對太陽的運轉有過的錯誤想像，對「未來」會如何發生與演變也蒙蔽不清。「未來」其實很穩定，親愛的卡卜斯先生，是我們不斷地在無窮盡的時空移動。

我們又怎能不感到困難呢？

再說一下孤獨吧，那就更清楚看出孤獨根本不是可以隨意選擇或捨棄的事物。我們皆孤獨，只不過自欺欺人假裝並非如此罷了。去接受我們皆孤獨卻是更佳選擇——真的，開始接受這假設，當然也會讓我們暈頭轉向，平常我們眼睛看慣的一切都被移走了，再也沒有親近的事物，所有遠方更是無限遙遠，像本來待在房間內的人，忽然未受警告安排，就被移往高山絕頂。那種莫名其妙被棄置毀滅的感覺令人不安，就像自高處跌落，或被拋擲向空中掉下來粉身碎骨，他的腦袋需要找出一個龐大謊言，去說明他所感覺到的迷失。因為當我們孤單的時候，所有的距離會產生變化，所有比例均衡的感覺也產生了變化，許多變化都驀然而來，像那被放在山頂的人，思潮起伏，胡思亂想直到忍受不了，但我們還是要這樣去經驗！需要盡可能「廣闊」接受存在！所有前所未聞，未曾發生的事物均可能存在。這就是我們唯一基本需要的勇氣，去面對最陌生怪異以及無法了解的事物。懦怯會為我們生命帶來無數損傷，關於親身體驗所謂靈視、幽冥與死

的經驗裡，皆被推往遠處，然後在每日防禦系統裡用力驅除，以致所有可能了解它們的感覺盡皆萎縮，更莫逞論上帝了。這種對於不可解事物的恐懼，不僅使個人生命更為貧乏，更限制了人際之間本來可以細水長流，具有無限可能的彼此關係成為岸上一塊荒蕪之地，寸草不生，一事無成。不止惰性使人際關係不斷重複，單調乏味，同時也從我們也從那些無法處理、難以預測的新事物中退縮了。只有那些隨時準備好迎接任何事情，不對任何最費猜疑莫測之事退縮的人，才能與別人分享活潑生動的關係，甚至可以獲得對自己生命的泉源充分理解。如果存在是一個或大或小的房間，顯然大部分人僅認知了房間的一個角落、窗前的一張椅子，或只是踱來踱去的一條通道，因為這樣可以有安全感。然而那些令人感到危險不安的東西卻是更人性的，它能驅使愛格坡（Edgar Allan Poe）故事裡*的監獄囚犯，用手去探測可怕的地窖形狀，不逃避囚房內不可言喻的恐怖。我們不是囚犯，周圍沒有陷阱誘捕機關，根本也沒有什麼恫嚇侵擾，我們被安排在最適當生存環境，還不止這樣，經過千百年與萬物相似共存的適應，當我們靜止不動，藉著一種巧妙生態模擬，已與周圍事物無分彼此。我們沒有理由去懷疑和我們共同存在的世界，我們以為它帶來的恐懼其實是我們自己的恐懼，我們將它視為不測深淵其實那是我們自己的深淵。如果有險惡，我們定

---

* 譯者注：指〈地窖與鐘擺〉（The Pit and the Pendulum）。

要嘗試去愛它，總之我們把困難的事放在生命原則，現在感到陌生的事將會是最熟悉有信念的事。我們又怎能忘記始祖傳下的先古神話，龍最後變回公主？也許我們生命每一條惡龍都是一個公主，等著看一次我們一次勇敢英雄救美的演出。也許所有恐懼歸根結柢只是一種無助，需要我們去拯救它。

親愛的卡卜斯先生，當你碰到一種前所未有的悲哀，像光閃雲影讓你坐立不安，千萬不要恐慌，要明白有事情發生在你身上，是生命沒有忘記你，它會承接住你，不讓你跌倒，那你又何必把生命困擾、痛苦、沮喪排除出外呢？尚且你更不知道這些情況究竟替你做了什麼？為何折磨自己去追問那些困擾與痛苦是來自何方去往何處呢？尤其你知道自己正在過渡期，最需要就是變化。假如過程中發覺可能有病理的問題，那就要記住疾病代表一個生命有機體，渴望從變異陌生的處境釋放出來，如要幫助病人除病，就要讓疾病全部發作，才能使病者有所進展。親愛的卡卜斯先生，現在你心事重重，定要有耐心像病者，也要像有信念的康復者，也許兩者皆是。尚有一點，你也要像個醫生般地看顧自己，而且任何疾病都會遇到醫生也束手無策只能等待的日子，這時就是你作為自己的醫生所要特別注意的。

不要太勤於檢討你自己，也不要對發生在你身上的事情太快下結論——姑且讓它們發生吧！不然你就會過於容易地

透過（所謂的道德）指控來看待你的過往，你現在發生的一切當然和過往有關，但凡是出自於你童年以來的迷惑、期待與欲望等事，已無法在現在的你身上發揮影響力了。童年的孤單寂寞是那麼難受、複雜、遭遇多方外面影響，同時又被切斷掉生命的現實細節，即使如此，童年有過什麼惡習，也不可就此稱為惡習。我們需注意平常怎麼使用「名稱」，是否因為選擇了罪惡的命名，而將生命的完整粉碎毀掉；其實那些名稱並無法取代一個人的行為本身，因為確切的行為本身，是和整個生命融為一體的。但因你把勝利看得太高，以為「勝利」就是已經完成的「偉業」，反而讓自己消耗太多精力，即使感覺真是如此。事實上，偉大指的是你應該以真實確定的事物，去替代虛假對我們的消耗，否則你的勝利不過是道德反應，沒什麼意義，可是你卻讓它成為生命的一個片段，親愛的卡卜斯，我對你生命有很大期望，你還記得童年時曾經有「偉業」的嚮往嗎？我現在看到你已經這上面繼續前進，渴望著更大成就的到來，所以才會不停碰到困難，但也因此生命才不停茁長。

　　如果我還有話要說，就是不要以為安慰你的人，就活在你覺得頗為有用的那幾句單純寧靜話語的簡單生活之中，其實他的生命遠比你還悲哀困難，他是為專門為你說的，所以他才找到了那些話來對你說。

你的里爾克

☆ 評析：

1. 里爾克談悲哀與寂寞

　　從第六封信談孤獨，第七封談愛，到第八封談悲哀與寂寞，里爾克已不再似是寫給卡卜斯，更像是說出自己的心聲，豐富展現出修辭技巧、人文修養、與精神深度。這封信談悲哀甚至比歌德《少年維特的煩惱》更熟練面對年輕人悲哀、煩惱、憂傷問題，把這些情緒徵候正視為身體要處理的一部分，也是里爾克經常提到所謂「很困難的事」，不要逃避、不要掩飾，不然它就如疾病一樣諱疾忌醫，就會捲土重來，變成生命險惡之事。悲哀這怪物一旦侵入我們便不會自動離去，「這怪物一旦進入我們生活，我們便得和它單獨相處，就好像一切熟悉信賴的事物忽然暫時被挪走了，讓我們處在不知如何是好的狀態。因為這個進入我們心中，且在我們血液流動的新怪物已經讓我們產生變化，悲哀也自然跟著出現在我們生活，但因為我們不知道它是什麼，便乾脆把它看成什麼也不是。但事實卻是我們被改變了。」像一座空房子有人來過，我們不知道是誰，但我們「進一步認識到所謂命運，是我們生命本有之物，不是一種從外面進入裡面的外來之物。只不過當命運發生時，很多人沒有讓它成為自己的一部分，並在其中自我轉化，也沒有認清楚它究竟是什麼，只是因為它的陌生，便活在徬徨恐慌裡，無法辨認有什麼東西在生命

中發生，甚至以為是一種從外面侵入的陌生之物，指天誓日
這不是自己體內的東西」，就像人們長久錯認太陽運轉，其
實「未來」很穩定，是我們在無限時空移動。

　　至於寂寞，它不同於第七封信的孤獨，當我們孤單寂寞，
所有距離產生變化，所有比例均衡感覺也產生變化，許多變
化都是驀然而來，像被放在山頂的人，思潮起伏，胡思亂想
直到忍受不了。只有那些隨時準備好迎接任何事情，不畏縮
任何事情包括最費疑莫測之事的人，才能與別人分享活潑充
沛的關係，從自己生命泉源中自給自足。所以在孤單寂寞時
不要畏縮，害怕，像愛格坡小說被困在黑暗囚室的囚犯，「用
手去探測可怕的地窖形狀，不逃避囚房內不可言喻的恐怖。
我們不是囚犯，周圍沒有陷阱誘捕機關，也沒有什麼恫嚇侵
擾，我們被安排在最適當生存環境，還不止這樣，經過千百
年與萬物相似共存的適應，當我們靜止不動，藉著一種巧
妙生態模擬，已與周圍事物無分彼此。我們沒有理由去懷疑
和我們共同存在的世界，我們以為它帶來的恐懼其實是我們
自己的恐懼，我們將它視為不測深淵其實那是我們自己的深
淵。」

　　最後，里爾克鼓勵卡卜斯去除童年帶來的「原罪」感：

童年的孤單寂寞是那麼難受、複雜、遭遇多方外面影響，

同時又被切斷掉生命的現實細節，即使如此，童年有過什麼惡習，也不可就此稱為惡習。我們需注意平常怎麼使用「名稱」，是否因為選擇了罪惡的命名，而將生命的完整粉碎毀掉；其實那些名稱並無法取代一個人的行為本身，因為確切的行為本身，是和整個生命融為一體的。

2. 卡卜斯的第八封回信（1904 年 8 月 27 日），匈牙利，納達斯（Nadas）

　　他輾轉收到里爾克信函那天生活正被許多悲哀的感覺籠罩著，但多次誦讀這些充滿慈愛安慰的信之後，不但豁然開朗，心中更充滿感激之情，因為里爾克幫助他走上自己的道路，並帶來靈性最需要的：對事物的相信（to believe in something）。當所有事物開始搖晃不定，毫無意義，便是需要維繫信仰的時候了，假如沒有為維繫住信仰，一定會絕望而死。

　　關於里爾克來信的第二部分——卡卜斯回溯自己其實不需要被譴責的童年往事：十三歲時卡卜斯魯莽地拋棄一個同年好友，雖然動機是純正的，當年卻沒有好好溝通了解，以致造成誤會重重，今天這件事看似過去了，但在自己審視之下，直到今天，他仍處於被這件事影響的醜惡餘波中。

　　卡卜斯繼續申述，人們暗裡都會有一些被眾人咀咒為變

態（perversion），卻並不真正了解到底是怎麼回事的欲望蠢動。但因為不了解所產生的輕蔑與排斥，反而讓許多出自內心的正當行為被視為不可解的瘋狂。卡卜斯說自己沒有變態傾向，但卻承認常被因為一些性欲以外的怪異感覺而亢奮，例如他會因為一個美女纖纖玉手上的金環而神魂顛倒，看來自己是被生理反應所牽制了，所以他問里爾克：這樣的行為需要箝制嗎？還是應該作到心中沒有邪念，以清者自清？

他跟著提到三本他在閱讀的書，其中兩本是閒書，另一本是尼采的《查拉圖斯特拉如是說》，他根本無法卒讀，因為無法與他的思想系統聯繫，甚至全書無法理解（甚至進不去書中，也無法理解）。

里爾克第九封信

1904 年 11 月 4 日，瑞典，弗緣堡（Furuborg），怨斯宙得（Jonsered）

親愛的卡卜斯先生：

這一段沒有通訊的日子，我是一邊忙著旅行，一邊忙碌無法執筆，即使今天提筆也有困難，因為已寫了許多封信，手已疲乏，如能口授，一定給你說上很多的話，目前只能簡單回覆你的長信。

卡卜斯先生，我常想到你，衷心想辦法對你有所幫助，至於我的信札是否真的具有助力，我經常懷疑。你不用和我說，真的，有用。只要收閱它們，不用道謝，且觀諸來日便知分曉。

現在去探討你信內觀點是沒用的，關於你的懷疑傾向，關於無法把外在與內在生活連結起來，關於所有一切讓你憂心事物——像我以前一直說過的：希望你有足夠忍耐去承受，單純的心去相信，在困難中，在其他人裡，獲取更多的信心與孤獨。至於其他，就讓生活自然發生吧，相信我，存在是合理的。

關於情感：所有讓你凝聚提升的感情都是純潔的，那些只抓住你的片面存在，讓你心性扭曲的則是不純潔的。所有你童年時能想到的都是對的，所有讓你好像活在從前最美好

時光而感覺幸福的，都是好。假如不是因酒醉而暈頭轉向，而是讓你清晰地感覺到喜悅，甚至生氣蓬勃，都是對的。你能明白我的意思嗎？

假如你能好好「訓練」懷疑，它也可以成就一種良好的品質，但它必須是「睿智」的、「批判」的。你要去問它為何破壞你，某些事物「為何」醜惡？向它要求證據，檢驗它，就會發現它陣腳大亂，甚至困窘難堪、頑強對抗。但你不要退讓，堅持你的論點，站穩立場，每次都警惕著，立場一貫，終有一天破壞者會變成你最佳的工作者，也許在一切你從事的建設性工作中，它是最聰穎的一個工人。

親愛的卡卜斯先生，這就是今天能告訴你的了，我同時寄出一份發表於布拉格《德意志作品》雜誌的短篇詩作抽印本，在那裡我和你進一步談生和死，以及它們的輝煌。

你的

里爾克

☆評析：

1.

　　此信最後一段提到的詩作抽印本是指里爾克長詩〈軍旗手克里斯多夫‧里爾克愛與死之歌〉（The Love and Death of the Cornet Christoph Rilke），此詩敘述 17 世紀匈牙利反抗土耳其侵略戰爭，一個 18 歲匈牙利軍旗手於一夜間體驗了愛與死。此詩由卞之琳率先譯為〈旗手〉於 1936 年收入商務印書館出版的《西窗集》，後來譯全的〈旗手〉與莎士比亞的〈亨利第三〉又合併收入昆明西南聯大文聚社 1943 年出版的單行本《〈亨利第三〉與〈旗手〉》。梁宗岱同年也將其翻譯為《軍旗手的愛與死之歌》。馮至首次讀到浪漫主義氣味與神祕主義色彩的《旗手》後說道，自言與里爾克的相遇，在「一九二六年的秋天，我第一次知道有里爾克（Rilke, 1875.12.4-1926.12.29）的名字，讀到他早期的作品《旗手》。這篇現在已有兩種中文譯本的散文詩，在我那時是一種意外的、奇異的收獲。色彩的絢爛、音調的鏗鏘，從頭到尾被一種幽郁而神祕的情調支配著，像一陣深山中的驟雨，又像一片秋夜裡的鐵馬風聲；這是一部神助的作品，我當時想；但哪裡知道，它是在一個風吹雲湧的夜間，那青年詩人倚着窗，

凝神望着夜的變化，一氣呵成的呢？」[*]

至於里爾克十封信的翻譯，1931 年 4 月 10 日馮至留德時寫給楊晦（字慧修，沉鐘社成員，馮至兄長般摯友，信中多以慧修稱呼）的信內這麼說：「但是現在我因為內心的需要，我一字不苟地翻譯他的十封致一位青年詩人的信。在這十封信裡我更親切地呼吸著一個偉大詩人的氣息。我譯它出來，我赤誠地給中國的青年；我只恨我在二十歲上下的時候無人把這樣好的東西翻譯給我。」

同一封信內，馮至還說：「自從讀了 Rilke 的書，使我對於植物謙遜、對於人類驕傲了。現在我再也沒有那種沒有出息『事事不如人』的感覺。同時 Rilke 使我『看』植物不亢不卑，忍受風雪，享受日光，春天開它的花，秋天結它的果，本固枝榮，既無所誇張，也無所愧恧……那真是我們的好榜樣。」

1932 年 8 月 20 日，在另一封第一次寄給楊晦第一次中譯十封信的《序》內（現已不存，因後來版本另寫新序），馮至這般說：

「這十封信裡所說的話，對於我們現代的中國人也許是很生疏吧；但我相信，如果在中國還有不伏櫪於因襲的傳統

---

[*] 資料取自馮至：〈里爾克——為十周年祭日作〉，上海《新詩》第 1 卷第 3 期，1936 年 12 月。

與習俗之下，而是向著一個整個的『人』努力的人，那麼這十封信將會與之親近，像是飲食似的化做他的血肉。在我個人呢：是人間有像 Rilke 這樣偉大而美的靈魂，我只感到海一樣的寂寞，不再感到沙漠一樣的荒涼了。」[*]

2.

　　諾頓夫人的里爾克「1903-1908 編年史」（Chronicle）內指出，里爾克在寫第八封信時已受不了羅馬五月酷熱的夏天，而於六月藉瑞典「差異女性主義者」（difference feminist）好友艾倫·凱（Ellen Kay, 1849-1926）的協助，通過瑞典北方一些人的「同情邀請」之申請（sympathetic invitations），由哥本哈根來到瑞典南部一個農村墾殖地，讓里爾克充分享受田園風物，包括果園的水果及菜蔬，每日漫步婆娑大樹的園林，到處都是牛馬犬群。整個夏天的書信充滿生命力與滿足感，可以說得是他生命最寧靜一段插曲。他在寫給太太卡拉娜（Clara）的信內提到卡卜斯：「……多謝卡卜斯的信，他日子也不好過，卻僅是開始。他對童年的看法是對的，我們在童年花了太多力氣，太多成人的力氣，也許整個世代都如此，這件事會在每個人身上不斷重複發生。那又怎樣說呢？生命擁有無窮的再生可能，對啊！但同樣地，基本上我們只

---

[*]　以上信件資料取自《馮至全集》，第十二卷（年譜、自傳、書信），河北教育出版社，120-125 頁。

要週而復始地讓自己保持生生不息，你在運用力氣同時，它也會反面地回來增進我們的能力：所有付出的力氣都會回到我們身上，那經驗既是經驗過的，也將是新的。這就是禱告的內容，所有祈求的，都完成了，這不是禱文又是什麼？」

里爾克第十封信

1908 年節禮日，巴黎

　　親愛的卡卜斯先生，你定知道收到你美好的來信是多麼讓我欣喜，裡面捎來的信息那麼真實、坦率，和以前一樣讓我歡喜，越想越覺得是件好事。本想特別在聖誕夜寫信告訴你，但為了冬天各種不容中斷的工作，這個古老節日也來得真快，快到讓我措手不及去處理許多當務之急的事務，更不用說寫信了。

　　但我常在節日想到你，想像你孤獨一人在空山群寂的碉堡，南方吹來的凜冽狂風像要大塊吞噬掉整個山脈。

　　一旦有了可以包容凜冽風聲的空間，這樣的靜寂定也巨大無比，就像遼遠大海獻出它的聲調，也如史前深處發出的和諧韻律——我衷心希望你有耐心、信心讓這宏偉的孤獨鍛鍊你，終身不渝，讓它在你所經歷從事的事情上成為無名力量，像不斷在我們裡面循環的祖先血液，和我們在生命的每個轉折點上結合，成為獨特的人。

　　是的，我很高興看到你用文字寫出一個在：官階、制服、任務、孤立且人數單薄的軍事環境中，因整體地接受嚴肅而必要的工作鍛鍊，成為生命堅強的人。這樣的鍛鍊將超越軍人職業的無所用心與虛度光陰，而有自發專注之警醒作用。因為生活所需要的一切，就是把我們訓練成可以活在自然偉

大事物之前。藝術是一種生活，無論我們如何隨心所欲，都可以活在藝術之中，以真實事物來接近藝術，會比那些魚目混珠的半吊子藝術家更接近藝術本質，因為他們所從事的，正是以藝術之名背離藝術而去——像新聞界，差不多所有的批評界，以及四分之三知名的，以及號稱之名想人知悉的文學界都是如此。簡單來說，我很高興你躲過了走入那些虛偽專業的厄運，勇敢且孤獨地在粗糙的現實生活中生活。因為這些可貴的領悟，我祝福你可以在即將到來的明年更加強壯。

你永遠的

萊納‧瑪利亞‧里爾克

☆評析：

1. 卡卜斯第十封回信，1909 年 1 月 5 日，克羅埃西亞，達爾馬提亞南部（South Dalmatia），影印本，非手稿

此信寫於 1909 年的新年節日，抱怨自己的悲哀與渺小，還有一大段歌劇女伶和他哀怨悲傷的戀情。

我們應該注意到里爾克第九封信寫於 1904 年，第十封信寫於 1908 年，長隔四年，倆人沒有通信，里爾克第十封短信亦僅微言大義，強調卡卜斯的堅強意志，祝福他讓「宏偉的孤獨鍛鍊你，終身不渝，讓它在你所經歷從事的事情上成為無名力量。」信中語調比以前冷漠得多，看出里爾克想抽身而出的心態。

無人知悉這四年為何斷絕通訊，里爾克這幾年確是奔波於巴黎、華斯韋德藝術村及柏林，也有講座在布拉格及維也納，並忙於撰寫小說《馬爾特隨筆》。卡卜斯 1907 年 11 月 8 日曾在維也納聽過里爾克一個朗誦會。會後跟隨眾人去某餐廳，在那裡請人把他的名片遞交給里爾克，里看到名片後馬上前來相會，快慰傾談。

年青詩人並未放棄他的詩藝，見到里爾克後不到一月，又把詩稿寄去出版里爾克著作的島嶼出版社（Insel Verlag），

並請里為他美言，但很快便收到出版社的退稿信。

　　里爾克逝世於 1926 年底，那年夏天，倆人相遇於瑞士旅遊小鎮拉格茲（Bad Ragaz），距離里爾克居住的穆佐城堡（Château de Muzot）不遠，那年卡卜斯 43 歲，不再是年青詩人了，他晚年在羅馬尼亞蒂米甚瓦拉（Temesvar）的一個咖啡店每週聚會裡，被人問及為何里爾克會和陌生人通訊，他回答說：「想是里爾克在某階段有些思維需要溝通，任何創作者經常都會把心思發洩表達出來，像一隻鳥的歌唱，一朵春天綻放的蒲公英……」說完坐著發呆好一會，全桌人摒息等候，然後輕聲說：「讀者從里爾克信件的收信人學習到更多里爾克寫給自己的信。」

後記：里爾克‧馮至‧十封信

張錯

　　馮至翻譯里爾克《給青年詩人的信》出版於 1937 年，在他一本懷舊著作《立斜陽集》（1989）內有一篇散文〈外來的養分〉提到這本書：「從 1931 年起，我遇到里爾克的作品。在這以前，我讀過他早期的散文詩《旗手》，還是以讀浪漫主義詩歌的心情讀的。如今讀里爾克，與讀《旗手》時的情況不相同了，他給我相當大的感召和啟發……里爾克在給一個青年詩人的信裡說：『探索那叫你寫的原因，考察它的根是不是盤在你心的深處；你要坦白承認，萬一你寫不出來，是不是必得因此而死去』。在同一封信里爾克裡還說：『不要寫愛情詩；先要回避那麼太流行太普通的格式……』」

　　在「譯者序」馮至還說：「當我於 1931 年春天，第一次讀到這一小冊書信時，覺得字字都好似從自己心裡流出來，又流回到自己的心裡，感到一種滿足，一種興奮，禁不住讀完一封信，便翻譯一封。為的是寄給不能讀德文的遠方的朋友。」里爾克似乎在告訴我們：『人到世上來，是艱難而孤單……人每每為了無謂的喧囂，忘卻生命的根蒂，不能在寂寞中、在對於草木鳥獸（它們和我們同樣都是生物）的觀察中體驗一些生的意義，而只在人生的表面上永遠往下滑過去而已。』」

至於為何會產生出和青年詩人的十封信？馮至說得好：「……有一人，本來是一時的興會，寫出一封抒發自己內心狀況的信，寄給一個不相識的詩人，那詩人讀完了信有所會心……隨即來一封，回答一封，對於每個問題都回覆一個精闢的回答和分析。」

　　1973 年我在西雅圖華盛頓大學完成博士論文「馮至評傳」，後來出版英文本《馮至專論》（Feng Chih, Twayne Publishers, Boston, 1979），當年正是海峽兩岸對峙，大陸書報尚未解禁之時，華盛頓大學一切有限資料惟靠衛德明（Hellmut Wilhelm）教授的藏書，他是我老師，父親是衛禮賢（Richard Wilhelm），是在山東傳教的牧師、漢學家，也是第一位把《易經》翻譯成德文（容格 Carl Jung 為此書寫導言）的人。

　　衛德明藏書都捐給華大東亞圖書館，包括馮至及沈從文送給他的簽名本，但對撰寫博論而言，對我實在杯水車薪，《馮至專論》一書，只有一章論馮至的《十四行集》，內論里爾克《給奧菲厄斯十四行》的意象影響，有提到里爾克《給青年詩人的信》。

　　我於 1981 年赴北京謁見馮至先生，並在社科院外國文學研究所做了一個演講，馮老和卞之琳先生分坐我兩旁護航，與有榮焉。多年來心懷愧疚，我的書沒有論及里爾克十封信，

也沒機會向馮先生請教里爾克，他一定有比歌德更多的里爾克告訴我，我一直都想改寫馮至評傳，但旁鶩拖延，其中一個原因是從前資料不足，現在資料太多，改寫就是重新撰寫另一部新書。

我於 2022 年才出版里爾克的《杜英諾哀歌》及《給奧菲厄斯十四行》的翻譯兼評析（台北商周出版社，2022），馮先生在一定會很高興，現在這本《致年青詩人十封信》*算是新版對馮至先生致敬吧。

《致年青詩人十封信》根據兩種英譯本，分別為：

1. 達邁‧希爾斯（Damion Searls）Letters to a Young Poet -- With the Letters to Rilke from the "Young Poet", Liveright, 2012，此書包括卡卜斯回覆里爾克的十封回信。

2. 諾頓夫人（M.D. Herter Norton）Letters to a Young Poet, Norton revised edition, New York, 1954），此書包含諾頓夫人為里爾克做的「1903-1908 編年史」（Chronicle）。

馮至在德國讀到里爾克的十封信時，「禁不住讀完一封信，便翻譯一封，為的是寄給不能讀德文的遠方的朋友」。1931 年 3 月 15 日他寫信給北京摯友楊晦（字慧修）便說：「我現在完全沉在 Rainer Maria Rilke 的世界中。上午是他，下午

---

* 「年青」強調年輕人有點不成熟之意。

是他，遇上兩個德國學生談的也是他。」（《馮至全集》第十二卷，117頁），「但是現在我因為內心的需要，我一字不苟地翻譯他的十封致一位青年詩人的信。在這十封信裡我更親切地呼吸著一個偉大的詩人的氣息。」（4月10日信）。9月17日給慧修的信裡告知已把譯稿寄出，「雖然只是寥寥50頁，譯得又不好，但我看它同我一部分的『命』一樣，裡面每一字、每一句是怎麼樣地打動我的心呀！」他拜託慧修一件事，「我因為有幾處被原文所拘，怎樣也弄不好。請你給我把文字順一順。」

最後一句，也是我給蕭義玲老師說的。

攝於 1981 年冬北京社科院外文研究所，左起卞之琳先生、張錯、馮至先生。

無論英語或德語的歐化語言，充滿「合句」（compound）、「複句」（complex）、「複合句」（compound complex sentences），盡量把句子拉長，以求擴大思想的表達空間，譯者在過程中常碰到許多「從屬子句」（depending clauses）混淆語句，為了忠實原著（馮至：「原文所拘」），便譯出所謂的歐化語句。馮至要求慧修把文字「順一順」，就似英語的「潤色」（to polish）。我譯十封信亦常碰到同樣為原文所拘的情況，也是譯一封寄一封給義玲理一理，擺脫歐化語言窠臼，讓文章流暢自然。

　　摯友陳銘華電腦技術援助，也要在這裡感謝。

里爾克－軍旗手、致年青詩人十封信

The Love and Death of Cornet Christopher Rilke / Letters to a Young Poet

作　　　者　萊納‧瑪利亞‧里爾克（Rainer Maria Rilke）
翻譯、評析　張錯（Dominic Cheung）
責 任 編 輯　張沛然

版　　　權　吳亭儀、江欣瑜
行 銷 業 務　周佑潔、賴正祐、華華
總　 編　 輯　徐藍萍
總　 經　 理　彭之琬
事業群總經理　黃淑貞
發　 行　 人　何飛鵬
法 律 顧 問　元禾法律事務所王子文律師
出　　　版　商周出版　台北市 104 民生東路二段 141 號 9 樓
　　　　　　電話：(02) 25007008　傳真：(02)25007759
　　　　　　E-mail：ct-bwp@cite.com.tw　Blog：http://bwp25007008.pixnet.net/blog
發　　　行　英屬蓋曼群島商家庭傳媒股份有限公司城邦分公司
　　　　　　台北市中山區民生東路二段 141 號 2 樓
　　　　　　書虫客服務專線：02-25007718　02-25007719
　　　　　　24 小時傳真服務：02-25001990　02-25001991
　　　　　　服務時間：週一至週五 9:30-12:00　13:30-17:00
　　　　　　劃撥帳號：19863813　戶名：書虫股份有限公司
　　　　　　讀者服務信箱 E-mail：service@readingclub.com.tw
香 港 發 行 所　城邦（香港）出版集團有限公司　香港灣仔駱克道 193 號東超商業中心 1 樓
　　　　　　E-mail：hkcite@biznetvigator.com　電話：(852)25086231　傳真：(852)25789337
馬 新 發 行 所　城邦（馬新）出版集團 Cite (M) Sdn Bhd
　　　　　　41, Jalan Radin Anum, Bandar Baru Sri Petaling, 57000 Kuala Lumpur, Malaysia.
　　　　　　Tel: (603) 90578822　Fax: (603) 90576622　Email: cite@cite.com.my
設　　　計　李東記
印　　　刷　卡樂製版印刷事業有限公司
總　 經　 銷　聯合發行股份有限公司　新北市 231 新店區寶橋路 235 巷 6 弄 6 號 2 樓
　　　　　　電話：(02) 2917-8022　傳真：(02) 2911-0053

■ 2023 年 7 月 27 日初版　　　　　　　　　　　　　　　Printed in Taiwan

定價 320 元

國家圖書館出版品預行編目 (CIP) 資料

里爾克－軍旗手、致年青詩人十封信 / 萊納‧瑪利亞‧里爾克(Rainer Maria Rilke) 著；張錯 (Dominic Cheung) 翻譯．評析． -- 初版． -- 臺北市：商周出版：英屬蓋曼群島商家庭傳媒股份有限公司城邦分公司發行, 2022.07
　面；　公分
譯自：The love and death of Cornet Christopher Rilke / letters to a young poet
ISBN 978-626-318-769-6(平裝)

1.CST: 里爾克 (Rilke, Rainer Maria, 1875-1926)
2.CST: 文學評論 3.CST: 詩評 4.CST: 書信
875.48　　　　　　　　　　　　　　111009493

城邦讀書花園
www.cite.com.tw

線上版回函卡

著作權所有，翻印必究
ISBN 978-626-318-769-6